Horst und Heidi Ruhnke

„Planet der Viren"
Die Hüter der Genesis
Band 7

© 2022 Horst und Heidi Ruhnke

ISBN Softcover: 978-3-347-76244-2
ISBN Hardcover: 978-3-347-76245-9
ISBN E-Book: 978-3-347-76246-6
ISBN Großschrift: 978-3-347-76247-3

Druck und Distribution im Auftrag des Autors:
tredition GmbH, An der Strusbek 10, 22926 Ahrensburg, Germany

Über dem Planeten „Sirius" werden schon seit langer Zeit drei große Schatten gesichtet. Mit ihrem Raumschiff kommen sie dem Heimatplaneten „Sirius" immer näher. Auf dem Monitor in der Kommandozentrale erscheint Ober Flottenkapitän Meggy mit einem dringenden Befehl. Käpten, den Flug sofort mit Normalgeschwindigkeit fortsetzen. Bei Kontakt mit unserer Flugleitung auf Schleichfahrt umschalten und den Außenlandeplatz benutzen. Näheres in Kürze. Habat erwidert den Befehl mit einem Okay. Sofort gibt er die notwendigen Befehle an seinen zweiten Offizier. Im Monitorraum beginnen wieder die Diskussionen. Fudder fragt nach, was da wieder bei uns los sein könnte. Hillery und Cooper meinen, dass es wohl mit diesen drei Schatten über dem Planeten „Sirius" zusammenhängen wird. Wir werden bereits seit langer Zeit von drei feindlichen Raumschiffen beobachtet. Ja, meint darauf Cooper, sie kommen durch die Atmosphäre, stoppen in einer bestimmten Höhe und verschwinden bei Tagesanbruch wieder. Bis jetzt wurden sie lediglich von unserer Abteilung registriert. Es gab aber noch keine Anzeichen von einem Angriff auf unseren Planeten.

Wir nehmen an, dass sie auf weitere Raumschiffe warten. Ansonsten hätten sie uns schon lange angegriffen. Krix fragt nun nach, woher sie kommen. Wir nehmen an, das Raumschiff „Schwertfisch" von Käpten Mola hat diese fremden Raumschiffe vom Planeten „Myra" mitgebracht. Sie wurde dort auf ihrem Außenplaneten oft angegriffen. Als die feindlichen Raumschiffe mitbekamen, dass sie den Planeten verlies, folgten sie dem Raumschiff „Schwertfisch", natürlich gut getarnt als Schatten.

Dabei wissen wir nicht, ob die Führung der fremden Raumschiffe von der Existenz des Planeten „Hel" wussten, denn das wäre ziemlich fatal für uns in der damaligen Lage geworden. Das Raumschiff „Schwertfisch" flog sofort zum Planeten „Erde", um dort Ladung an Bord zu nehmen. Dann folgten ihr die feindlichen Raumschiffe in einem Flug ins Ungewisse. Auf dem Planeten „Sirius" bemerkten wir zunächst nichts von der Existenz. Erst als wir unsere Überwachungsanlagen in Betrieb nahmen, erkannten wir die Gefahr. Klak meint daraufhin, dass sie ziemlich viel Treibstoff und Proviant an Bord haben müssen, um so eine lange Flugreise zu bewältigen. Das hat uns auch schon verwundert. Sicher haben sie einen höheren technischen Leistungsstandart haben als unsere Raumschiffe. Sicher betrifft das auch die Ernährung an Bord.

Käpten Habat geht zu seinem zweiten Offizier in die Kommandozentrale und fragt nach, wo wir uns momentan befinden. Die Position für die Schleichfahrt ist erreicht. Auf dem Monitor erscheint ein Flugleiter der Flugleitung von ihrem Landeplatz. Wir sehen Euch klar und deutlich auf unserem Radar. Bei Sicht in dieser Sternennacht nach Positionslampen fliegen. Der Nebenlandeplatz wird für Euch mit Intervalllampen sichtbar gemacht. Habat gibt sein Okay zurück. Nun geht er wieder in den Raum mit dem großen Monitor. Alle, die dort sitzen, diskutieren über den Befehl. Über den Bordfunk meldet jetzt der zweite Offizier, dass die Positionslichter für das Raumschiff in Sicht sind.

Warum meldet sich die Flugleitung nicht noch einmal, erkundigt sich Fudder. Es wird sicher einen Grund haben.

Auf dem Monitor sehen alle die sternenklare Nacht und sind begeistert von ihrer Heimreise. Käpten Habat lässt die „Galaxy II" sanft landen. Beim Landeanflug, es sind nur noch wenige Meter, wird plötzlich der Nachthimmel mehrmals erhellt. Es folgen laute Detonationen. Viele glühende Teile fliegen, weit ab von ihrem Landeplatz, durch das All. Erst jetzt kann man auf den Monitoren ein Raumschiff erkennen, das sich auf Angriffsposition in das All befindet. Wieder schießt ein gewaltiger Laserstrahl durch die Nacht. Mehrfach wiederholt sich dieser Vorgang und die sprühenden Funken sinken auf ihren Planeten. Jetzt meldet sich die Flugleitung. Käpten, die „Galaxy II" am Standort belassen. Zurzeit wird ein Angriff auf fremde Raumschiffe geflogen. Jetzt kommt Fudder zu diesem Gespräch. Er nimmt Habat das Mikrofon aus der Hand. Einen Moment bitte. Jetzt fragt er, wer fliegt den Angriff und können wir helfen? Es ist das Raumschiff „Schwertfisch" mit Käpten Mola.

Die macht Kleinholz aus denen, meint Fudder in das Mikro. Nun schwebt ein großes metallisches Teil am Raumschiff vorbei und landet sanft neben der „Galaxy II". Klak, Banur und Hanter gehen an die Außenfenster, um das Spektakel zu verfolgen. Das ist, das ist doch ein Hauptteil von unserem „Blauen Blitz" sagen alle drei übereinstimmend.

Plötzlich ertönt ein lauter Knall und hinter der Ufohalle steigt eine riesige schwarze Wolke empor. Fudder kommt und meint, dass das Teil auf die Müllhalde gefallen ist. Krix bestätigt das und sagt dazu, dass dies mit einer sehr hohen Geschwindigkeit geschah. Dann war es wohl die Sicherheitsglocke vom „Blauen Blitz". Krix und Fudder melden sich bei Käpten Habat ab. Wir kommen auch mit sagen Banur, Klak und Hanter. Vielleicht können wir noch helfen? Der Käpten gibt sein Okay. Alle eilen nun aus ihrem Raumschiff zur Absturzstelle. Als sie um die Ufohalle kommen, sehen sie, wie gerade die Seitentür von der Sicherheitskapsel aufgeht und aus ihr acht dunkle Gestalten hervortreten. Eine starke Schicht von schwarzem Staub müssen sie durchwaten. Zwei riesige Schirme wehen an einer Seite der Halde. Klak merkt es sofort. Wir hatten sonst immer drei Schirme zur Rettung zur Verfügung. Ja, meint Hanter, es wird wohl einer verloren gegangen sein. So entstand das hohe Tempo bei der Landung. Nun reicht Fudder den ersten Piloten die Hand. Dabei kann er sich einen Spaß nicht verkneifen. Warum seht ihr heute so schwarz aus? Ist das die neue Tarnfarbe? Krix setzt noch einen drauf. Sie sind sicher von einem anderen Stern. Nun müssen alle lachen. In diesem Moment erkennen sich alle. Es ist Käpten Ranat und Käpten Gerby mit seinen Ufo-Piloten.

Nun folgen wieder sehr viele Fragen. Klak beginnt und fragt, wie die Sache hier mit euch und dem „Blauen Blitz" zusammenhängt.

Am Abend landete das Raumschiff „Schwertfisch". Es hatte nur drei Ufos an Bord und auf ihrem Raumschiff das kleine Raumschiff „Blauer Blitz". Von Käpten Mola erhielten wir den Befehl, unsere Ufos herauszufliegen. Sie ging in die Flugleitung. Es war wie schon so oft. Wir flogen die Ufos heraus und stellten sie am Landeplatz ab.

Einige der Ufo-Piloten halfen bei der Beladung mit Treibstoff und Proviant. Nach einer gewissen Zeit wollten wir noch den „Blauen Blitz" herunterfliegen. Wir hatten uns schon schlau gemacht, wie wir dieses Geschoss auch fliegen können. Theoretisch klappt es bereits sehr gut und jeder Pilot hatte seine Position im Raumschiff eingenommen. Auf einmal erscheint auf unserem Monitor Käpten Mola und Ober-FlottenKapitän Meggy. Mein Befehl an Euch lautet folgendermaßen. Alarmstufe Rot! Wir werden von drei fremden Raumschiffen angegriffen. Der „Schwertfisch" wird den Angriff fliegen. Der „Schwertfisch" wird den Angriff flliegen. Ihr bleibt mit dem kleinen Raumschiff drauf und wartet die Befehle von Käpten Mola ab. Viel Glück! Dann ging es schon los.Zwei Piloten von uns schafften es noch, die Verriegelung zum Raumschiff zu lösen. Das hätten wir sicher beim Flug schlecht geschafft. Wir sahen auf unserem Monitor drei große Flugobjekte. Sie kamen uns entgegen. Wir waren gerade mit dem Raumschiff von Käpten Mola in Funkkontakt. Ihr Befehl lautete, dass wir uns ruhig verhalten sollen. Ihr seid meine Asskarte Mit euch rechnet Niemand. Es ist alles okay.

Wir machten unsere Laserkanone scharf und visierten damit diese Objekte an. Käpten Mola erteilte keinen weiteren Befehl. Sie ließ aus allen Rohren schießen und so entstand um unser kleines Raumschiff ein regelrechtes Feuerinferno. Zwei Raumschiffe hatte sie sofort abgeschossen und völlig zerstört. Ja, meint Fudder, was für eine Wut muss diese Frau als Käpten auf diesen Gegner gehabt haben? Das dritte Raumschiff flog heulend in Richtung unseres Planeten. Wahrscheinlich hatte das Raumschiff nicht mehr genug Energie für einen weiteren Laserschuss. Also funkten wir zu ihnen hinüber. Käpten Mola wir übernehmen und gehen zum Angriff über. Ein Okay kam als Antwort. Mit einem lauten, heulenden Geräusch folgten wir im Sturzflug hinterher. Es kam eine Meldung von unserem Navigator. Ziel erfasst.

Dann Feuer. Dazu kam es nicht. Ein lauter Knall und mit noch mehr Rauchschwaden sank dieses Flugobjekt zu Boden. Durch diesen lauten Knall wurde plötzlich unsere Sicherheitsglocke verriegelt und wir schwebten herunter. Auf einer bestimmten Höhe muss noch ein brennendes auf einen rettungsschirm geflogen sein. Daraufhin war die Landung etwas hart.

Hanter tröstete die Piloten. Über den „Blauen Blitz" braucht ihr euch keine Sorgen zu machen. Wir haben dieses Raumschiff so gebaut, dass es schon bald wieder fliegen wird.

Hillery und Cooper kommen aus der Flugleitung und geben allen Piloten die Hand. Sie bedanken sich für den Einsatz. Die neuesten wissenschaftlichen Erkenntnisse vom abgestürzten Objekt haben ergeben, dass es keine Raumschiffe, sondern Drohnen sind. Sie sind sehr hochentwickelt und werden die nächsten Tage noch ganz genau untersucht. Die Teile, die nicht zerstört sind, geben sehr viel Aufschluss über ihre Beschaffenheit. Wir nehmen an, dass auch über dem Planeten „Apollo" solche Flugobjekte täglich auf Positionsflug waren. Sie müssen über einen großen Satelliten im All gesteuert worden sein. Das heißt, wir müssen schnellstens einen Abwehrplan für die Zukunft ausarbeiten und in Stellung bringen.

Plötzlich drehen sich alle um. Es ist ein leises Zischen zu hören und zwei große Lampen gehen an und aus.

Es ist das Raumschiff „Schwertfisch" meint Fudder. Ja, sie überfliegt uns nur. Sie hat vom Ober-Flottenkapitän bereits ihren neuen Einsatzplan bekommen. Ab jetzt fliegen sie nur noch für den Planeten „Erde".

Krix gibt nun zu bedenken. Wenn die Luft waffe vom Planeten „Apollo" auch einige der „K" Raumschiffe in Dienst nimmt, werden wir den Feind schon stellen und auch vernichten. Ja, antwortet Hillery, Deine Gedanken sind schon gut, aber die Sache liegt leider etwas anders. In der Flugleitung haben wir gerade das Gegenteil erfahren müssen. Cooper meint zu Hillery wir können diese Fakten allen erzählen. Dabei werden keine militärischen Geheimnisse verraten. Nun gut. Wir haben erfahren, dass der Raumgleiter „K1" vor zwei Tagen hier wieder einmal landete. An Bord waren einige hochrangige Offiziere des Planeten „Erde". Unter ihnen befand sich auch Generaloberst Xenia. Ja, bestätigte Käpten Gerby und zur Begrüßung haben uns auch alle die Hand gereicht. Neugierig fragt Fudder gleich wieder, wie Xenia ausgesehen hat. Sie ist schon eine Erscheinung in ihrer schneidigen Uniform, besetzt mit vielen Orden.

Sie strahlt eine besondere Freundlichkeit aus. Das bestätigen auch die anderen Ufo-Piloten. So kennen wir sie alle, meint auch Krix. Sie war bei unserem Stab und es gab eine lange Unterredung, fährt Hillery nun fort. Dabei ging es um die Bestellung eines Kampfraumschiffes mittlerer Größe. Sie haben diesen Auftrag sofort mit Edelsteinen bezahlt und der Liefervertrag wurde unterschrieben. Natürlich kam dann die Frage von unseren Offizieren, warum sie keine Raumgleiter an Bord ordern wollen. Schließlich sind diese sehr gut mit Waffen ausgestattet. Bei der Beantwortung der Frage konnte sich Xenia kaum zügeln. Sie erklärte es folgendermaßen.

In ihrer ganzen Luftwaffe gibt es keinen Offizier und auch kein Pilot, der die „K" Raumschiffe fliegen kann. Ganz zu schweigen von der Besatzung. Niemand von ihnen hat im Simulator nur annähernd den Test für die Geschwindigkeit bestanden. Nicht einmal mein Sohn Max. Es ist eine Schande für unsere gesamte Luftwaffe. Obwohl wir diese großen Raumschiffe dringend benötigt hätten, um den weiteren Plan, die Umsetzung vom Planeten

„Erde" zum Planeten „Apollo", zügig voranzu-
treiben.

Da haben wir es wieder, meint Käpten Klak.
Es fehlen bei vielen einfach die Flug Gene.
Diese fehlen bei den meisten einfach. Alle ni-
cken zustimmend und gehen weiter ihrem
Dienst nach.

So, ich werde den Bericht auch schreiben.
Nun habe ich aber eine Frage noch an dich persönlich. Einige Mitarbeiter in unserer Abteilung sind mit der Beschreibung der Menschen
des Planeten „Erde" nicht klargekommen. Wen
meinst du, fragt Fudder jetzt Hillery? Im Laufe
der Jahre kam dieser Mensch mit der Bezeich-
nung „Pik 1" in euren Flugberichten mehrmals
vor. Das sind tolle Geschichten mit ihm. Haben
wir Zeit? Diese Zeit nehmen wir uns jetzt einfach. Danach könnte ich unsere Abteilung endlich richtig aufklären. Fudder überlegt nun, wo
er anfängt. In diesen Moment erscheint Krix
und fragt, ob er etwas verpasst habe. Heute
kommst Du gerade einmal richtig. So können
wir beide die Geschichten von „Pink 1" erzählen.

Wir umkreisten mit unserem Raumschiff ein
Gebiet auf der Erde. Plötzlich ließ Käpten Behufer stoppen. Es waren etwa zwanzigtausend

Meter. Er rief uns im Konferenzraum zusammen und erzählte uns von der nächsten Mission. Ziel war es, einen Menschen auf der Erde auszusuchen, und diesem dann einen Sender einzusetzen. Dieser sollte es möglich machen, diesen Menschen dann jahrelang zu beobachten. Das war ein Forschungsauftrag von der Führung unseres Planeten. Auf unserem Raumschiff ging es danach ganz schön hektisch zu. Drei neue Ufos, die wir diesmal an Bord hatten, wurden startklar gemacht. So flogen wir noch am gleichen Abend alle drei Ufos aus dem Raumschiff. Es ging in Schleichfahrt nach unten. Käpten Behufer mit Ufo „I" hatte Koerby , Fudder und mich an Bord. Er bestand auf dieser Besatzung. Die beiden anderen Ufos sicherten in zehntausend Metern Höhe unsere Mission ab. Rein zufällig schwebten wir über einen Flugplatz mit Kampfflugzeugen. Mit unserem Ufo umkreisten wir mehrfach dieses Gelände und sahen dabei auch ihr Kasernengebäude. Alles wurde von uns auf Kassetten aufgenommen.

Sie schienen uns nicht geortet zu haben und so flogen wir alles ab was zu diesem Objekt gehörte. Käpten Behufer erklärte uns, dass wir hier als flackernder Stern ganz langsam noch etwas herum und tarnen uns dann über ihrem

Flugplatz in einer Wolke. So ist es uns möglich, auch am Tag etwas mitzubekommen.

Drei Jagdflugzeuge standen auf der Vorstartbahn und Mechaniker bereiteten diese für ihren nächsten Einsatz vor. Am späten Nachmittag geschah es dann. Eine Rakete flog plötzlich von einer Jagdmaschine über ihren Gebäudetrakt der Flugleitung ab. Dabei traf sie einige Baumkronen, welche dadurch herunterstürzten. Durch diesen Drall geriet sie auf die andere Seite und schlug auf einer Giebelwand eines großen Gebäudes ein. Sie zerstörte das Fundament einer Heizungsleitung und explodierte danach. Es war ein furchtbarer Knall und riesige Staubwolken stiegen empor. Käpten Behufer beruhigte uns sofort. Das galt nicht uns und sie haben uns auch nicht entdeckt.

Viele Tage beobachteten wir diesen Flugplatz.

Dabei suchten wir uns einen Soldaten für unsere Zwecke aus. Unklar war allerdings noch, wie der Plan umgesetzt werden sollte. Zeitlich war es unbegrenzt und so hatten wir keinen Druck. Da uns die Kassettenaufnahmen vorlagen, hatten wir sein Bild in unserem Ufo groß hängen.

Am zehnten Tag stiegen wir eines Nachts wieder als flackernder Stern langsam zu unserem Raumschiff auf. Das aber müssen sie diesmal auf dem Flugplatz mitbekommen haben. Auf fünftausend Meter Höhe, kamen uns zwei Jagdflugzeuge entgegen. Zwei Laserstrahlen gingen von den Sicherungsufos aus. Der Nachthimmel wurde taghell und es folgten zwei laute Knallgeräusche. Käpten Behufer ließ unsere Laserkanone nicht aktivieren. Wir sahen aus unseren Schaulöchern, wie die zwei Jagdflugzeuge langsam an uns vorbeiflogen. Dabei winkten uns die Piloten mit einer Hand zu.

Ich frage mich noch heute, woher Käpten Behufer wusste, dass die Piloten nicht auf uns schießen würden. Dieser Käpten hatte eben von uns die stärksten Nerven.

So flogen wir insgesamt fünf Jahre in diesem Land herum und beobachteten mit unseren Ufos immer wieder viele Flugplätze. Diese hatten es unserem Käpten besonders angetan und gewiss stand davon etwas in seiner Order, die er von unserem Planeten erhalten hatte. Sicher hatten wir von diesem Land den Flughafen gefunden, auf dem die meisten Landungen und Abflüge erfolgten. Es starteten und landeten im Minutentakt Passagierflugzeuge. So etwas hatten wir noch nie gesehen. Unser Käpten wurde immer mutiger und flog unser „Ufo I" etwa zehn Meter über eine Autobahn. Es wurden nacheinander Kassetten zum Aufnehmen eingelegt. Langsam wurde es Morgen und es dämmerte bereits.

Plötzlich rief Fudder auf meinem Monitor: Da, da und alle schauten hin. Es war kaum zu glauben, aber er war es wirklich. Der Soldat auf dem Flugplatz war auf einem im Bau befindlichen Gebäude zu erkennen. Es war fünf Uhr morgens geworden. Der Käpten befahl schnell Koerby fliegt in Deckung dieses Gebäudes unter dem Radar von ihnen schnell in die tief liegenden Wolken.

So können sie uns nicht sehen. Im Vorbeiflug konnten wir ihn noch besser erkennen. Was für ein Zufall dachten wir damals alle. Obwohl ich immer Bedenken hatte, unser Käpten wusste mehr. Es konnte doch kein Zufall sein, dass wir genau diese Person Monate später wieder trafen.

Käpten Behufer beobachtete mit „Ufo I" jede Nacht im Z Gebiet einen Schießplatz. Es wurden jeden Tag und auch in der Nacht Einsätze mit Jagdmaschinen geflogen. So knallte und donnerte es pausenlos. Bei Nacht sah das mit den Leuchtspurgeschossen schon spannend aus. Eine Nacht hatten wir kein Glück. Es war gerade eine Feuerpause, so dachten wir zumindest. Da befahl der Käpten Koerby fliege zum Waldsee. Wir werden Wasser nachtanken. Koerby steuerte somit langsam „Ufo I" als flackernden Stern herunter. Plötzlich ertönte Pilot Fudders Stimme über den Monitor. Über den Wipfeln der Bäume befindet sich ein großes Jagdflugzeug auf unserem Kurs. Zur damaligen Zeit hatten sie auf der Erde immer größere und schnellere Maschinen gebaut und diese probten hier ihre Übungsflüge.

Der Käpten befahl die sofortige Landung. So krachten wir mit „Ufo I" durch die Baumkronen und rissen uns die ganze Außenverkleidung ab. Trotzdem konnte Koerby unser Ufo noch sanft auf dem Waldboden aufsetzen. Jetzt gab Fudder seinen Bericht an den Käpten. Die Jagdmaschine hat uns überflogen und ist in eine andere Richtung abgedreht. Die Gefahr war vorüber. Der Käpten drängte darauf, Ruhe zu bewahren. Pilot Fudder blieb am Monitor zur Überwachung. Wir anderen drei stiegen mithilfe einer Strickleiter aus dem oberen Ausgang. So sahen wir die ganze Misere. Einige Teile hingen in den Bäumen. Andere wieder lagen im hohen Gras. Trotzdem hatten wir noch viel Glück. Der Mond schien hell und es wurden keine weiteren Jagdflugzeuge gesichtet. Sogleich fingen wir mit der Reparatur an. Koerby kletterte bis in die Wipfel der Bäume und holte die restlichen Teile von der Verkleidung herunter.

Käpten Behufer befahl, alles auf dem Waldboden auszubreiten und dann wieder zusammen zu fügen. Wenn wir es geschafft haben, werden wir es mit unseren Gerätschaften an Bord wieder über das Ufo hieven.

So war sein Plan, aber es kam natürlich alles ganz anders. Zuerst mussten wir noch einige Bäume fällen, damit der Platz für die Ausbreitung der Außenverkleidung ausreichte. Das kostete Zeit und dauerte bis in die Morgenstunden. Wir legten alle Teile zusammen. Es sah schon sehr gut aus. Jetzt musste nur alles noch wieder zusammengenäht werden. Nach ein paar Stunden rief Pilot Fudder aus der oberen Tür. Es kommt jemand auf uns zugelaufen und ihr werdet es nicht glauben, wer das wieder ist. Alle schauen den Käpten neugierig an. Wer schon? Es ist unser Bekannter, und er lacht dabei. So allmählich kommen mir aber Zweifel über diese ständigen Zufälle, meint jetzt Krix. Wir hörten ihn immer näherkommen. Er trug einen Korb mit Pilzen. Wir standen hinter den

Bäumen versteckt. Unsere Nerven lagen blank. Wie immer war unser Käpten natürlich die Ruhe selbst. Er bastelte an seiner Laserpistole herum uns meinte nur, bleibt ganz ruhig. Dann schoss er irgendetwas ab. Es war aber kein Geräusch zu hören. Wir sahen aber, wie unser „Bekannter" mit voller Wucht gegen eine unsichtbare Wand lief. Er prallte mit der Stirn und mit dem Knie

heftig auf die Wand. Jetzt schlug er mit seiner Faust auf die Wand. Erst jetzt begriff er, was passiert ist und lief sehr schnell in Panik versetzt eilig zu seinem Auto zurück. Er fuhr sofort los.

Käpten Behufer bemerkte danach, dass er nicht viel hier gesehen hat. Mit einer weißen Glocke im Wald, kann er sicherlich nichts anfangen. Koerby aber widersprach dem Käpten. Wenn man aber alles im Zusammenhang betrachtet, dann sieht es schon anders aus. Er hat auf dem Flugplatz durch die Piloten von uns erfahren. Dort hat er uns auch genau mit dem Ufo gesehen und nun hier im Wald wieder. Der Käpten aber antwortet darauf, ehe er das Puzzle zusammengesetzt hat, sind wir hier längst wieder weg. Koerby gibt aber keine Ruhe. Seine Neugier wird ihn nicht loslassen, bis er weiß, was hier geschieht. Ich denke, er wird wiederkommen. Dann lass ihn doch wiederkommen, fügt der Käpten lachend hinzu.

Der Zusammenbau der Verkleidung gestaltete sich viel schlechter als geplant. Immer wieder mussten wir die Arbeit unterbrechen, weil Tiefflieger uns überflogen und das Wetter uns zu schaffen machte.

Käpten Behufer bedankte sich bei allen und meinte, wir werden hier erst einmal einen Testflug absolvieren, damit wir beim Weiterflug zum Raumschiff auch sicher sind. Da aber war er wieder der Zufall, an den ich immer weniger glaubte. Langsam stiegen wir mit „Ufo I" über die Wipfel des Waldes. Weit und breit war kein Jagdflugzeug zu sehen. Es war etwas riskant, denn wir hatten bereits späten Nachmittag. Unser Käpten aber wollte es so. Jetzt rief Fudder. Ihr werdet es wieder nicht glauben. Alle schauten auf den Monitor. Er war es wirklich. Der Käpten stand auf, schaute durch die Schaulöcher und meinte daraufhin. Heute kommt „Er" mit einem Fahrrad. Genau das habe ich gemeint, sagte jetzt Koerby, und was nun? Er fährt auf dem übernächsten Waldweg und wird sicher noch einmal zu unserem Ufo schauen wollen. Koerby, fliege über die Baumwipfel am Waldweg und folge ihm. Ja, meint nun Fudder. Er schaut vom Waldweg nur in die Richtung, wo unser Ufo stand.

Käpten Behufer befahl, eine Schlafwolke abzuschießen. Wir sahen, wie unser „Bekannter" immer mehr die

Kontrolle über sein Fahrrad verlor, in dem feinen Sand auf dem Waldweg umkippte und leicht benommen war. Es war die einzige Stelle, die frei von Bäumen und mit feinem Wald Gras bewachsen war. Jetzt musste alles sehr schnell gehen. Käpten Behufer nahm eine kleine Schatulle aus einem Kasten unter seinem Monitor und befahl. Sofort landen! Wir landeten neben ihm auf dem Waldweg. Obwohl nichts vorher abgesprochen war. Der Käpten nahm mit einer Pinzette einen kleinen Sender aus der Schatulle und steckte diesen unseren „Bekannten" in sein Ohr. Sofort eilte er wieder zurück zum Ufo. Mit Höchstgeschwindigkeit flogen wir los. Jetzt gab Fudder seinen Bericht ab. Unser „Bekannter" ist schon wieder auf seinem Fahrrad. Es sind keine Jagdflugzeuge in Sicht. Sie beschlossen, dass kein Testflug mehr geflogen wird. Die Situation war etwas eigenartig. So viele Zufälle auf einmal, das kann es doch gar nicht geben.

Nur sechs Monate waren seit dem Zwischenfall mit unserem „Bekannten" im „Z" Gebiet vergangen. Wir flogen mit unserem Raumschiff zu einem anderen Land

auf diesem Kontinent. Unser neuer Befehl lautete. Eine Militärbasis beobachten. Wir tarnten unser „Ufo I" wie immer mit einer weißen Wolke und flogen ganz langsam auf die Position über diesen Flugplatz. Zuerst lief alles sehr friedlich ab. In den Nachmittagsstunden starteten zwei große Propellermaschinen und flogen ständig im Kreis. Sie stiegen dabei immer höher. Für uns bedeutete das, dass auch wir mit unserer Tarnung immer höher steigen mussten. In einer bestimmten Höhe waren viele Fallschirmspringer bei ihrem Absprung zu sehen. Es war für uns schon merkwürdig anzusehen, wie sich diese Soldaten tollkühn aus diesen Maschinen fallen ließen. Für uns Ufo Piloten war das schon eine besondere Sichtung.

Plötzlich rief Pilot Fudder wieder, dass wir alle einmal auf den Monitor schauen sollten. „Er" ist es wieder. Käpten Behufer betätigte eine seiner Tasten auf dem Monitor und es war ein Signalton zu hören. Da war er wieder dieser Zufall.

In einem fernen Land, weit weg von seinem Heimatort

stand „Er" plötzlich auf einem Fabrikdach und fotografierte diese Absprünge aus den Flugzeugen. Sofort gab der Käpten an uns seinen neuen Befehl heraus. Wir werden heute Nacht hinunterfliegen und ihn besuchen. Diese Aufnahmen müssen unbrauchbar gemacht werden. Vielleicht hat er unser Ufo doch aufgenommen. Das können wir auf keinen Fall zulassen. Noch darf auf dem Planeten „Erde" niemand etwas von unserer Existenz wissen. Unsere Mission wird noch viele Jahre brauchen.

Jetzt erkundigt sich Hillery bei Krix und Fudder. Euch hat man nicht mit ihrem Überwachungskameras geortet? Nein, antwortet Fudder. Der Kapitän ließ einen stummen Laserstrahl vom Ufo abschießen. So flogen wir für ihre Radarüberwachung nicht sichtbar und auch lautlos. Um Mitternacht gab ich dem Käpten meinen Bericht ab. Alles okay und Landeplätze eingezeichnet.

Vom Käpten kam jetzt gleich folgender Befehl. Die Pilotensitze hochklappen und die Sachen anziehen. Wir staunten nicht schlecht über eine schwarze Perücke, eine altmodische Handtasche, ein knittriges rotes zweiteiliges

Kostüm, schwarze Strumpfhosen und ein Paar alte Schuhe. Wie lange werden wir wohl schon auf diesen Dingen gesessen haben?

Krix fährt mit der Geschichte fort. Pilot Fudder braucht sich nicht umzuziehen. Er blieb auf unserem Ufo in Bereitschaft. Pilot Koerby steuerte das Ufo ganz behutsam hinter das Wohn Camp zwischen einigen Bäumen. Der Käpten hatte ein kleines Gerät in der Hand, an dem eine Lampe aufleuchtete. So wies er uns den Weg. Ganz leise und in gebückter Haltung betraten wir sein Zimmer. Sein Kollege und er schliefen beide fest in ihren Betten. Vor seinem Bett standen mehrere Schränke zusammengeschoben, so entstand eine Art Wand. Wir standen vorseinem Bett. Es war nach Mitternacht. Durch eine Laterne, welche sich durch die Bewegung der Laubbäume änderte, fiel ein wenig Licht in den Raum. Der Käpten schaute unserem „Bekannten" in sein Ohr, wo der Sender platziert war. Koerby griff in dieser Zeit in seine kleine Reisetasche, die auf dem Schrank stand. Erfand den Film sofort und zog ihn schnell heraus. Mit seiner Laserlampe machte er die drei Negative von unserem Ufo unbrauchbar. Sicherlich hat er uns nur zufällig aufgenommen und wir nickten alle. Alles okay sagte der Käpten und hielt seine linke Hand über den Kopf unseres „Bekannten" und sprach in unserer Landessprache das Wort „Gothna"

Später gab Pilot Koerby ihn seinen endgültigen Namen. Nach unserem „Ufo I" und dem Pink im Ohr, sollte er „Pink I" heißen.

Wir sahen ihn später noch sehr oft. Er uns aber auch, erwiderte Fudder daraufhin.

Ein Offizier von Hillery und Coopers Sicherheits- Abteilung kommen jetzt zum Gespräch dazu und sprechen sie an. Oberst, wir können mit der Übertragung anfangen. Darauf antwortet Hillery, wir kommen sofort. Krix und Fudder staunen über diese Ansprache. Daraufhin erklärt ihnen Cooper, dass sie jetzt die Dienstgrade des Planeten „Erde" annehmen. Das hat alles mit der Nachrichtenübermittlung zu tun.

Ihr wisst schon. Ihr seid doch auch Geheimnisträger und damit der Schweigeflicht unterstellt. Deshalb kommt ihr jetzt gleich mit in unsere Zentrale. Jetzt fragt Fudder natürlich gleich Cooper, welchen Dienstgrad er hat. Auch Oberst, aber für euch bin ich weiterhin Cooper. Okay. Sie gehen weiter in Richtung des Gebäudes zur Flugüberwachung. In der Morgendämmerung sehen sie zwei große Radarschirme. Wo kommen die denn her, fragt Krix.

Die hatte Käpten Maxi mit dem Raumgleiter „K I" vor Tagen mitgebracht. Mit Ingenieur Twyty und Habat sowie unserer Abteilung wurden sie sogleich aufgebaut. Jetzt ist die Übertragung zum All perfekt und wir schauen uns die Sache mal an.

Unsere Abteilung hatte mit den normalen Teleskopschirmen ständig merkwürdige Dinge aus verschiedenen Richtungen des Alls empfangen. So war eine präzisere Technik erforderlich geworden.

Als sie sich in Gebäude in einem langen Gang befanden, geht plötzlich eine rote Notbeleuchtung an und ein Posten vor einer Tür macht eine Meldung an die zwei

Obersten. Krix und Fudder müssen absolute Ruhe bewahren. Jetzt kommen sie in einen großen Raum, der ebenfalls mit Notbeleuchtung ausgestattet ist. Überall sitzen Mitarbeiter dieser Abteilung mit ihren Kopfhörern vor ihren Monitoren. Eine junge Offizierin weist Krix und Fudder vor einem sehr großen Schirm auf ihre Plätze ein. Nun passt gut auf, sagt Cooper. Jetzt geht es los. Wir haben das hier schon ein paarmal getestet. Krix und Fudder sind starr vor Spannung. Was wird gleich geschehen?

Der große Schirm wird immer schärfer eingestellt. Ein klares Bild vom All mit seinen Sternen wird sichtbar. Hillery gibt einer Offizierin ein Handzeichen. Es wird Musik eingespielt, die immer lauter wird. Das ist doch die Lieblingsmusik von unserem Käpten Behufer meinen jetzt Fudder und Krix. Cooper und Hillery nicken. Jetzt aber bitte Ruhe in diesem Raum. Die Offizierin schaltet die Musik nach draußen über die großen Radarschirme. Auf dem Bildschirm und auf den Monitoren der Mitarbeiter erscheint in weiter Ferne ein riesiges Raumschiff zwischen den Sternen im All. Dann wird das Licht im Raum immer heller. Nun darf auch wieder gesprochen werden, meint Cooper. Das war ein riesiges Raumschiff sagt Fudder. Wir haben sogar schon Bedenken bekommen, dass das neues Kampf-Raumschiff, dem hier nichts entgegenzusetzen hat. Vielleicht kommen auch noch mehr? Noch sind sie weit draußen im All. Sicher haben sie uns noch gar nicht in den richtigen Planeten des Systems einordnen können. Warum aber dann diese Musik? Es ist doch eine von einem großen Musiker des Planeten „Erde". Ja, erwidert Hillery. Es ist die unvollendete von einem gewissen Beethoven. Durch einen Zufall kam ein Mitarbeiter auf die Akte von eurem Käpten Behufer.

Immer wieder fand sich dabei ein Hinweis auf diese Musik.

Lange Zeit hatte unser Überwachungscomputer ständig Strichcodes registriert und wir gingen der Sache nach. Es muss sich um eine Art Blitzenergie handeln, mit der aus dem All operiert wird. Damit scheinen sich die fremden Raumschiffe zu verständigen. Sollten sie auch mit solch einer Energie fliegen, sind wir hier gegen sie machtlos. Auf dem Nachbarplaneten arbeiten unsere Wissenschaftler schon seit Längeren an diesem Verfahren. Bisher jedoch ohne nennenswerte Erfolge.

Fudder aber lässt die Neugier nicht los. Warum unser Käpten? Weshalb gerade er? Cooper erwidert darauf nach langen Nachforschungen sind wir zu diesem Ergebnis gekommen. Euer ehemaliger Käpten Behufer war kein Außerirdischer. Wir nehmen an, dass er der Auserwählte für die damalige Mission gewesen ist. Vielleicht wurde er als Kind von dort entführt und wurde auf einem unserer ehemaligen Planeten aufgezogen. Es erfolgte dort auch seine Ausbildung, wobei er sich immer weiter hochgearbeitet hat. Seine Herkunft vergaß er aber dabei niemals. Seine Gene waren immer mit diesem Planeten und der „Z" Gegend verbunden.

Das würde jetzt sehr viel erklären, meinte nun Krix. Der Drang zu diesem Gebiet war schon bemerkenswert und er wollte dort auch immer sesshaft werden fügte Fudder hinzu. Ebenfalls seine Sprache mit dem gewissen Akzent war verblüffend. Warum aber gerade diese Musik, fragte Krix noch einmal nach? Cooper antwortete meinte, wir sehen die Sache so. Er hat damit sein Leben betonen wollen. Sein Ziel hat er dabei nie aus den Augen verloren.

Er ist mit seinem Raumschiff der „Galaxy I" lange Zeit durch die Weiten des Alls geflogen. Begleitet hat ihn dabei diese Musik, welche in alle Richtungen gesendet wurde. Alle auf dem Raumschiff hatten dazu ihr Einverständnis gegeben. Niemand hatte jemals mit einer Gefahr für ihren Planeten gerechnet.

So wurden fremde Planeten auf ihn aufmerksam und schickten ihre Raumschiffe los, um uns zu suchen. In welcher Absicht das geschah, wissen wir noch nicht.

Wie soll es denn nun weitergehen, fragt Fudder noch einmal neugierig. Krix aber lacht. Wie schon? Genauso, wie diese Geschichten angefangen haben. Alles steht „Zwischen den Sternen".

Als der Ober. Flottenkapitän wieder in ihre Flugzentrale kommt, werden viele Nachrichten gerade bearbeitet. Ihre Sekretärin legt die wichtigsten Kurznachrichten auf den Sitzungstisch mit der Bemerkung, hier ist mehr Platz. So viele Nachrichten in dieser kurzen Zeit. Ja und alles sind sehr wichtige Meldungen. Wir beginnen mit dem Lesen der Nachrichten.

Käpten Kaema mit der „K III" ist im Anflug auf unseren Landeplatz, oder gibt es für sie eine andere Order? Nein, sofort landen lassen. Ich warte schon dringend auf ihren Bericht. Sie war mit der „K I" und der „K II" auf dem Planeten „Erde" und holte dort noch von einem Militärflughafen die letzten Gerätschaften und Flugzeuge. Das andere kann warten. Bitte Käpten Kaema sofort in mein Büro schicken. Soeben landet die „K III" sanft auf dem Flugplatz. Sie wird gleich nach dem Ausstieg wird sie über den Lautsprecher zur Flugleitung gebeten. Meggys Sekretärin begleitet sie zum Büro. Käpten Kaema tritt ein und nimmt Haltung an. Das brauchst du nicht, meint Meggy. Dafür kennen wir uns doch schon zu lange. Bitte nimm Platz. Danke, antwortet Kaema und übergibt ihr in einer Mappe die Berichte. Gibt es so viel zu berichten, denn die Mappe ist ganz schön stark?

Ja, meint Kaema. Ich kann es aber auch in groben Zügen berichten.

Wir drei Großraumflieger Käpten Lisa, Käpten Maxi und ich flogen in großer Höhe den blauen Planeten „Erde" an. Zuerst erfolgte dies in einen großen Bogen um unser Zielgebiet. Mein Computer an Bord bestätigte uns bereits den Lande Ort. Ich gab also den Befehl an alle drei Großraumflieger das Landemanöver einzuleiten. Sogleich wurde der Befehl auch von den jeweiligen Käpten bestätigt. Wir kamen an die Grenze der Atmosphäre. Unser Zielort war auf der Anzeige des Computers klar zu erkennen. Plötzlich ertönte auf allen Computer in unserer Steuerkabine ein Alarmzeichen. Die Alarmlampen wechselten von Grün auf Rot und lösten somit das automatische Abwehrsystem aus. Genau in diesem Moment erhielt ich auch von der „K I" und der „K II" die Bestätigung. Feindliches Objekt unter unseren Großraumschiffen. Daraufhin erteilte ich den Befehl, Sinkflug stoppen, und das Objekt weiträumig zu umfliegen. Auf keinen Fall auf eine Kampfhandlung einlassen. Zur Bestätigung kam von jedem ein kurzes Pink zur „K III" herüber. Die jungen Kapitäne hatten schnell begriffen, worum es hier ging. Es war für mich schon bemerkenswert in so einem Alter so ruhig und beherzt zu reagieren. Meggy, das werde ich bei der nächsten Auszeichnung auf jeden Fall berücksichtigen. Kaema berichtete weiter. Beim Umfliegen des Zielstandortes sahen wir auf unserem Monitor ein großes Raumschiff auftauchen. Daneben folgte ein Ufo. Mein zweiter Offizier fragte mich gleich, wieso haben sie uns nicht geortet? Darauf aber wusste auch ich keine Antwort. Bei einem Angriff hätten wir nur sehr wenig Angriffsmöglichkeiten gehabt. Es war ein riesiges Raumschiff, das aus der Erdatmosphäre flog. Es stoppte und wendete in unsere Richtung. Ich erteilte den Befehl zu Stoppen und uns in Kampf -und Abwehrstellung zu bringen. Hecklaser scharf machen. Von jedem Käpten kam ein Pink als Bestätigung zurück. Jetzt drehte sich das fremde Raumschiff und nahm einen heranfliegenden Satelliten auf. Ihre Teleskoparme waren weit über dem Raumschiff verteilt. Zwei Personen in Astronautenanzügen kamen, an Leinen befestigt, aus dem Oberdeck des Raumschiffes heraus und machten sich an dem Satelliten zu schaffen. Sie schraubten einen Behälter auf den Satelliten. Alles ging sehr schnell. Mein zweiter Offizier Olliver meinte, das haben die schon öfters gemacht. Sie sind ein eingespieltes Team. Wir bleiben erst einmal in Warte Position, um nicht aufzufallen. Vielleicht haben sie uns noch gar nicht registriert. In diesem Moment erschien auf meinem Monitor ein unbekanntes Flugobjekt, welches mit hoher Geschwindigkeit auf das fremde Raumschiff zuflog. Es war ein neuartiges Kampfflugzeug, die Tragflächen angelegt und es schoss regelrecht aus der Erdatmosphäre. Das Ufo erwiderte den Angriff mit einem Laserstrahl. Danach zog der Pilot seine Maschine mit einem Sinkflug nach links ab. Sein Laserstrahl hatte den Kampfjet nicht getroffen. Aber der Pilot hätte ebenso auf das Ufo bzw. das Raumschiff schießen können. Nach der Montage mit dem Satelliten verschwanden beide Flugobjekte sehr langsam in die dicke Wolkendecke der Atmosphäre. Mein neuer Befehl daraufhin lautete. Wir setzen den Flug fort. In den frühen Morgenstunden landeten wir alle drei auf dem Zielflughafen. Gleich nach der militärischen Begrüßung ging die Beladung der Großraumschiffe zügig voran. Käpten Lisa nahm viele Ersatzteile aus der Flugzeugwerft an Bord. Nach ein paar Stunden landete dann ein Tankflugzeug. Dieses wurde in kurzer Zeit zerlegt und kam in den Frachtraum von Käpten Maxis Transporter. Es war erstaunlich, wie schnell so ein großes Ungetüm so

Schnell verpackt werden konnte. Wir haben alle nur gestaunt. Danach fehlten noch zwei Kampfjets. Diese mussten auf jeden Fall noch mit in meinen Transporter. Am Abend kamen sie dann im Tiefflug über den Flugplatz, drehten noch eine Ehrenrunde und landeten dann. Diese Flugzeuge sind in der Lage, ihre Tragflächen einzuziehen. So können beide Jets gleich wie Raketen in den Laderaum gefahren werden. Nach kurzer Zeit war alles ordentlich verstaut und somit geschafft. Die zwei Piloten stellten sich vor, ohne Dienstgrad. Frau Kommandantin, ich bin Max und der zweite Pilot fügte hinzu, ich bin Henry. Für den Flug bis zum Planeten „Apollo" bin ich, Käpten Kaema und mein zweiter Pilot Oliver für Euch zuständig. Okay Käpten antworteten sie beide. Bis dahin waren sie zwei normale Offiziere für uns. Ich legte ihnen den Plan für den langen Flug vor und die beiden waren begeistert von ihm. Sie bekamen den Küchendienst zugewiesen. Weiter hatten sie für Ordnung zu sorgen und regelmäßig den Laderaum zu kontrollieren. Sie erledigten ihre Arbeit perfekt und dies immer mit guter Laune und ein paar Späßen. Mit ihrem vorzüglichen Speisen verwöhnten sie die Crew und auch mich. Oftmals kamen wir aus dem Staunen nicht heraus. Ich unterhielt mich oft mit meinem Zweiten Piloten Oliver. Wie kann man beim Küchendienst nur so einen Elan haben? Das wird für mich immer ein rotes Tuch bleiben.

Nach Wochen im All kamen wir uns dann bei einem Essen näher. Max und Henry erzählten uns ihre Geschichte. Sicher hat unsere Pilotencrew verwunderte Gesichter gemacht, als sie ihren Dienstgrad sowie ihre Herkunft preisgaben. So wurde an den letzten Flugtagen viel über seine Eltern erzählt. Auch seine zwei Schwestern fand er, waren nennenswert. Mit ihren jungen Jahren solch einen Dienstgrad zu haben und damit eine hohe Verantwortung zu haben, das war schon bedeutend. Der Kontakt zu seinen Schwestern allerdings, war während des Fluges durch mich untersagt worden. Bei dieser Mission hatte ich absolute Funkstille angeordnet. Zu weit würden die Signale ins All gelangen. Später erzählte mir Major Max, was er ihm ein Admiral Phönix über den blauen Planeten „Erde" verriet und was dem Planeten mit seinen Menschen noch bevorsteht, wenn sich nichts ändert. Der Planet steht wieder einmal vor dem Ausbruch einer großen Seuche, wie bereits mehrfach in den Jahrtausenden seiner Existenz. Ja, meint Meggy, auf dem Planeten wird sich nichts ändern. Das hat sich zu unserem letzten Gespräch mit Xenia herausgestellt.

Noch eine Frage Kaema, hast du ihre Waschanlagen für Raumschiffe gesehen? Ja, antwortet Kaema. Sie sind sehr für Sauberkeit auf ihrem Planeten „Apollo". Major Max erzählt mir, dass sie von der neuen Krankheit schon länger wussten. Deswegen ergriffen sie diese Maßnahmen, damit sie alle Keime und Viren sofort von den Raumschiffen vernichten. Meggy bedankt sich bei Kaema für ihren Bericht und geht zurück in die Sicherheitszentrale zu Hillery und Cooper. Es wird sofort mit dem Bau einer Waschanlage für Raumschiffe begonnen. Bitte fragt nicht weiter!

Das ist Alarmstufe „Rot"! Wie sieht es mit den Raumtransportern aus? Wenn es erforderlich ist, muss dazu noch eine größere Anlage gebaut werden.

Der Blaue Planet „Erde" wird ab heute nicht mehr oft angeflogen sowie überflogen. Es ist Seuchengefahr zu befürchten. Das können wir hier auf keinen Fall gebrauchen. Alles okay?

Die Befehle gehen sofort an alle raus. Mein neuer Befehl lautet, es werden nur noch die Restflüge zur „Erde", die mit der Militärleitung laut Vertrag vereinbart wurden, durchgeführt. Danach geht alles, das heißt Raumschiffe und Besatzungen erst einmal für zwei Wochen in Quarantäne.

Wieder vergehen einige Jahre auf dem Planeten. Es wird überall viel gebaut und die Umsetzung der Bevölkerung von der „Erde" zum Planeten „Apollo" ist weit fortgeschritten. Es steht der baldige Abschluss des Vorhabens bevor. Viele Menschen wurden inzwischen auf dem Planeten heimisch. Unter ihnen ist auch General Oberst Xena mit ihrem Stab. Sie ist mit dem letzten Raumgleiter der K3 unter dem Kommando von Käpten Kaema auf dem Flugplatz des Stützpunktes „Hallyfax" gelandet. Sie hat dort die gesamt militärische Leitung des Planeten übernommen. Die beiden Raumgleiter „KI" und „KII", bringen die letzten verfeindeten Stämme vom Planeten „Erde" auf die benachbarten Planeten, um somit in Zukunft für ein friedliches Leben zu garantieren. Einige Länder haben dennoch eine Umsetzung auf einen anderen Planeten verweigert. Sie wollen auf der „Erde" bleiben, obwohl sie von vielen Medien gewarnt wurden auf dem atomar verseuchten Planeten auszuharren.

Darum wurden in den letzten Tagen vom Flottenverband der Raumschiffe, unter Führung von Oberkapitän Meggy, einige Änderungen angewiesen. So geht Käpten Ely vom Raumschiff „Tayta" in die Sicherheitsabteilung. Ihr Raumschiff übernimmt der junge Kapitän Ranat, von der Ufo Staffel. Ebenso übergab Käpten Klak sein Raumschiff „Blauer Blitz" dem Ufo Staffelführer Gerby. Er geht mit der gesamten Mannschaft auf den Planeten „Luxor". Dort übernimmt er wieder die „Galaxy I" als Ausbildungsraumschiff für die Piloten aller Arten. Käpten Wota hingegen übernimmt dafür die „Galaxy II" als Kommandant und Käpten Habat übernimmt mit seinen Erfahrungen das neue Kampfraumschiff. Die Ufo Kapitäne Krix und Fudder erhielten neue Ufos mit modernsten Geräten an Bord. Die beiden haben sich gleich wieder neue Namen ausgedacht. So nennt Fudder sein Ufo „Stern" und Krix gibt seinem den Namen „Komet". Tagelang verbringen sie viel Zeit in ihren Ufos und sind regelrecht verliebt in diese Fluggeräte. Mit den ersten Flügen sind sie sehr zufrieden. Jetzt hält ein Jeep an ihren Ufos und es steigen Hillery und Cooper aus. Sie reichen Fudder und Krix die Hand. Seid ihr denn mit den neuen Ufos zufrieden, erkundigen sie sich. Die beiden antworten, dass sie sehr zufrieden sind. Ihr aber, fragt Fudder nach, seht nicht gut aus. Habt ihr wieder die Ufo Krankheit. Hillery antwortet, dass es der Job verlangt, den Erstflug eines Raumschiffes beizuwohnen. Wir sind gerade mit dem Kampfraumschiff auf dem Nebenlandeplatz angekommen. Leider haben wir nicht die Flug Gene, die Käpten Klak immer wieder betont. Hat er aber Recht, fragt Krix? Natürlich, das hat er. Jetzt kommt Habat hinzu. Er gibt seinen Flugbericht und darinsteht, dass das Raumschiff viel zu langsam ist. Das können wir beide nicht bestätigen.

Bei dem ganzen Flug konnten wir kaum klar denken. Wir bitten Euch, uns in die Zentrale zu begleiten sagt Hillery. Krix und Fudder geben ihren Ufo Jungs Bescheid, dass sie weitermachen können. Der Käpten kommt gleich zurück. Sie gehen in einen Monitorraum. Dort sitzen bereits die Flugleitung mit Meggy und vielen Offizieren darin. Jetzt betritt eine Offizierin den Raum. Sie hat mehrere Kassetten in der Hand. Es ist die ehemalige Kapitänin Ely. Sie legt eine Kassette in ein Gerät ein. Das Licht verlöscht und Hillery sowie Cooper erklären abwechselnd die Aufnahmen. Bei unserem heutigen Testflug ging es auch um einen Erkundungsflug in Richtung All. Wie ihr wisst, beobachten wir schon lange Anzeichen von Ansammlungen großer Raumschiffe im All. Dabei stellten wir fest, dass es immer mehr werden. Die Gefahr für uns wird also immer größer. Wir flogen deshalb heute in ihre Richtung, um noch bessere Aufnahmen machen zu können. Unseren Zählungen nach sind es mindestens vierzig Raumschiffe. Wir haben von unserer Seite nicht so eine Anzahl aufzuweisen. Wir wissen nicht, was sie vorhaben und wie sie ausgestattet sind. Auf unseren Überwachungsgeräten wurden nur Strichcodes registriert, sobald sich eines von ihnen im Flug befand.

Das heißt, sie sind zu schnell für unsere Raumschiffe. Wir werden um unseren Planeten einen Verteidigungsring bilden. Dazu verwenden wir alles, was wir zur Verfügung haben. Aus diesem Grund gibt es ab heute den Dienst für die Überwachungsbereitschaft für alle unsere Ufos und Raumschiffe. Bisher haben wir von ihnen nur eine Botschaft erhalten. Ob diese für uns bestimmt war, ist noch nicht eindeutig geklärt. Sechs verschiedene Zeichen müssen von unseren Spezialisten erst geprüft werden. Als diese Aufnahmen davon gezeigt werden, meldet sich Käpten Ely zu Wort. Sie hält die Aufnahmen des Filmes an und erzählt eine Geschichte davon.

Damals, als wir im Einsatz über dem „Z" Gebiet waren, habe ich diese Zeichen bereits einmal gesehen. Unser Käpten Behufer hatte Ufo Pilot Krix eine Fliese mit diesen Aufschriften gegeben. Er sollte sie über einer Stadt abwerfen. Sofort fragte er danach, was auf der Fliese steht. Der Käpten aber zog die Schultern hoch und sagte, das weiß ich ja eben auch nicht. Die Nachricht wurde aus dem All gesendet und unsere Registriermaschine hat diese aufgenommen. Vielleicht können uns „die da unten" weiterhelfen.

Wo genau soll ich sie abwerfen, fragte nun Pilot Krix und der Käpten antwortete genau auf den eingetragenen Koordinaten. Wird sie dort denn auch jemand finden? Auf jeden Fall, lachte der Käpten und gewiss auch der „Richtige" Es meldet sich Krix zu Wort.

Genau so war es auch. Unser Auftrag war es zehn Tage die Stadt zu überwachen und dabei das Verhalten ihrer Sicherheitssysteme bei fremden Fluggeräten zu erfassen. Wir haben noch nie eine Botschaft über diese Zeichen vom Planeten „Erde" erhalten. Fudder meinte dazu, dass es ihnen vielleicht nicht so wichtig erschien. Dann meldet sich Cooper zu Wort und das Licht im Raum, geht wieder an. Es besteht aber für uns noch eine kleine Chance. Auf dem

Nachbarplaneten laufen gerade die letzten Tests. Es handelt sich um ein Raumschiff, das die Lichtgeschwindigkeit messen kann. Es sind bereits zwei Piloten für den ersten Flug registriert. Dazu gehören Kapitän Krix und Fudder. Die Ingenieure Twyty und Mako wollten auf eure Erfahrung keinesfalls verzichten. Ihr werdet die beiden Chefpiloten sein. Krix und Fudder schauen sich an und nicken überrascht. Sollte dieser Erstflug funktionieren, könnten wir sie mit ihren eigenen Waffen, durch unsere hohe Geschwindigkeit, schlagen. Ja, äußert sich nun Fudder, Ich habe schon immer von so einem schnellen Raumschiff geträumt. Jetzt macht sich Cooper noch einen Spaß mit Fudder. Wie oft hat er die Beiden schon mit seinen Gags veralbert. Ihr seid nur Testpiloten, sagt er. Danach seid ihr wieder Ufo Kapitäne. Auf euch können wir auf „Sirius" nicht verzichten.

Zu unserem Erst Team gehören noch die zwei Kapitäne Lisa und Maxi. Sie sollen die beiden Licht Raumschiffe als Kommodore übernehmen. Wieder schauen Krix und Fudder sich verblüfft an. Zwei Raumschiffe? Ja, das zweite testet Käpten Klak schon seit Wochen und er hat gute Ergebnisse herausgeflogen Fudder schüttelt erneut den Kopf Der Alte kann es auch nicht lassen. Krix meint darauf, viel jünger sind wir auch bald nicht mehr. Jetzt lachen alle.

Hillery, unser Plan ist so. Heute Nacht landet die „K I" auf unserem Landeplatz und geht in die Reparatur. Die „K II" landet auf dem Nachbarplaneten. So können die jeweiligen Kapitäne an Bord ihrer Raumschiffe gehen. In den frühen Morgenstunden werdet ihr für den Erstflug sowie den ersten Angriffsflug mit den neuen Lichtgeschwindigkeit Raumschiffen aufgenommen. Wir haben keine Zeit zu verlieren. Ehe sie uns noch mehr auskundschaften, müssen wir den Überraschungsangriff fliegen. Diese Raumschiffe sind sehr gut bewaffnet und verfügen über eine starke Panzerung. Davon konnten wir uns bereits überzeugen. Der Angriff läuft so ab. Wir fliegen den feindlichen Pulk von zwei Seiten an. Sind unsere neuen Raumschiffe in Schuss Distanz, wird über die Außensprechanlage die „Sinfonie" lautstark ertönen und sofort wird das Feuer eröffnet. Unserer Einschätzung nach, müsste dadurch bei dem feindlichen Raumschiff ein totales Chaos entstehen.

Ihre ganze Armada von Raumschiffen wird sich schnell ins All flüchten, um sich hinter den Sternen zu verstecken. Deshalb wird ihr Plan, uns anzugreifen, damit zerschlagen. Sollten doch ein paar Raumschiffe auf Angriffskurs zu unserem Planeten gehen, ist der Verteidigungsring unserer Raumschiffe damit beschäftigt, sie rechtzeitig abzuschießen.

Ober- Flottenkapitän Meggy bedankt sich für die Erläuterung und wünscht einen guten Erfolg. Alle Offiziere und Mitarbeiter gehen aus dem Monitorraum. Ungläubig schütteln Hillery und Cooper, die neben Meggy stehen, ihre Köpfe. War das nicht die letzte Frau in Zivil, fragt Cooper? Ja, das war sie. Ich habe sie gleich erkannt, meinte Hillery. Allerdings kannte ich die Zusammenhänge nicht. Beim Aussteigen nickte sie uns auch noch zu.

Käpten Gerby hat sie mit dem „Blauen Blitz" vom Planeten „Apollo" geholt. Wir hatten vor zwei Tagen eine kurze Unterredung über die Satelliten. Das Ganze erfolgte natürlich verschlüsselt. Sie will unbedingt herausfinden, warum ihre Besatzungen so untauglich für die schnelleren Raumschiffe sind. Also, ich kann es noch gar nicht fassen, dass General-Oberst Xena bei uns ist, meint Cooper. Sie wird morgen früh auch zur Besatzung des Blitzraumschiffes gehören. Sie fungiert als Beobachterin. Käpten Twyty und Mako werden sie einweisen. Schließlich sind die beiden seit kurzen ihre Schwiegersöhne.

Das wussten wir nicht. Es muss auch noch in unsere Akten. Es ist auch erst vor wenigen Tagen passiert und es war auch nur eine kleine Feier. Zeitlich war nicht mehr möglich und ihre Mutter Xena kam auch nicht mehr pünktlich zu den Trauungen. Von uns war nur Oberingenieur Buster als Trauzeuge dabei. Wir mussten ihr noch erklären, dass die feindlichen Raumschiffe auch ihre Planeten angreifen können. Sie hat mir versichert, dass sie ein System eingeführt hat, in dem sämtliche militärische Einheiten Tag und Nacht in ständiger Bereitschaft stehen. Alle Waffensysteme, egal ob Raketenstellungen oder Flakgeschütze, sind auf das All gerichtet.

Am frühen Morgen meldet sich Käpten Maxi vom Raumgleiter „K I" in der Flugleitung. Sofort wird sie angewiesen, ihren Kurs zur Raumschiffwerft zu nehmen. Alle Maßnahmen sind bereits für die planmäßige Durchsicht getroffen. Das Werftdach ist geöffnet. Die Positionslichter sind in Betrieb. Wir wünschen euch eine gute Landung, kommt von der Flugleitung.

In der Werfthalle gelandet, kommt der Mannschaft beim Aussteigen schon ein Offizier entgegen. Er meldet der Kapitänin, dass sie bereits erwartet werden. Vor der Werft stehen schon Fahrzeuge, die euch gleich zum nächsten

Einsatzraumschiff bringen. Maxi gibt sie noch einen Umschlag mit der Bemerkung, dass darin ihre neue Dienstanweisung enthalten ist. Maxi bedankt sich und gibt der jungen Offizierin die Hand. Das große Raumschiff kommt immer näher. Die Besatzung der „K I" wird immer ungeduldiger. Von ihrem Einsatz hatten sie nur einmal vage etwas gehört. Käpten Maxi aber beruhigt sie. Ja, wir gehören zu diesem Einsatz mit dem Blitzraumschiff. So steht es auch in meiner Order. Es ist noch nicht sehr hell an diesem Morgen. Nach den Positionslichtern an diesem Raumschiff ist doch die ganze Form und Größe zu erkennen. Der Co-Pilot meint, es sieht furchterregend, aber dennoch durch die pfeilartige Konstruktion wiederrum schön aus. Als sie aus den Fahrzeugen steigen, werden sie in ein Flughafengebäude gebracht. Ein Offizier weist sie ein. In diesem Raum lasst ihr euer gesamtes Gepäck. Dann wechselt ihr die Kleidung. Alles liegt beschriftet mit Namen für jeden bereit. Noch zur Erklärung. Es ist eine antimagnetische Kleidung. Sie ist hauchdünn und wurde extra für dieses Raumschiff mit seiner hohen Geschwindigkeit angefertigt. Ansonsten wäre die Bewegungsfreiheit nicht gegeben. Okay meldet Maxi.

Am Blitzraumschiff herrscht ein Andrang von Piloten und Mitarbeitern, die von Käpten Twyty und Mako kurz begrüßt werden. Als letzte Person steht eine Frau in Zivil vor ihnen. Sie lächelt sie an, öffnet eine kleine Schatulle und nimmt zwei, mit vielen Diamanten besetzten Orden heraus. Vorsichtig steckt sie diese Twyty und Mako an. Das ist für die Rettung der „Pegasus I", und schön, dass ich meine Schwiegersöhne endlich kennenlerne.

Die beiden stehen wie versteinert da. Sie kannten sie immer nur in Uniform. Twyty nimmt sie in den Arm. Herzlich Willkommen an Bord. Auch Mako drückt sie fest an sich. Willkommen General-Oberst Xena. An heute bin ich für euch Xena, und das für immer. Mako nimmt sie an die Hand. Wir gehen schon einmal hinein. Ich zeige dir schon mal Einiges und wo du deinen Platz hast bei diesem Flug. Weißt du auch, was es für ein Flug wird? Ja, es ist mir alles bekannt, auch das Risiko. Dann kommt Käpten Maxi mit ihrer Crew und macht Meldung. Twyty begrüßt die Piloten alle herzlich uns bittet sie, einzusteigen. In einer Stunde erfolgt der Start. Hier läuft alles nach einem genauen Plan. Okay Liebling. Maxi nimmt Twyty, ihren Mann, in die Arme. Sie liebkosen sich und steigen in das Raumschiff.

In der Kommandozentrale angekommen, nimmt Twyty das Mikrofon in die Hand und begrüßt alle Piloten über den Bordfunk noch einmal herzlich. Ihr werdet jetzt von den jeweiligen Sektionsleitern eingewiesen. Jetzt fragt Maxi nach ihrem Platz. Der ist neben mir mein Schatz, antwortet Twyty. Fudder und Krix bekommen kaum einen Ton heraus, als sie das hören. Also, sagt Krix, mein Platz ist hier als Chef-Pilot und Maxi als Co-Pilot. Genau so haben wir den Flugplan mit Käpten Twyty und Mako aufgestellt. Seit wann, fragt Fudder Twyty wieder neugierig? Ach, sagt Maxi, seit wir verheiratet sind. Da bin ich jetzt aber sprachlos und ich erst meint nun Krix. Auch meine Schwester ist verheiratet und das mit Käpten Mako.

Jetzt jammern alle beide. Unsere Ziehsöhne laden uns nicht einmal zur Feier ein. Diese Geschichte werden wir euch dann bei der Nachfeier erzählen, meint Twyty. Na, dann ist es ja gut. Darauf freue ich mich schon heute meint Krix, und ich erst kommt jetzt von Fudder. Nun aber Spaß beiseite. Wir stehen unter Zeitdruck. Also ihr zwei, ich hatte mir das so gedacht. Käpten Krix Pilot 1, Käpten Maxi Pilot 2 sowie Fudder übernehmen die erste Achter-Laser Kanonenreihe. Für jeden haben wir noch einen Handzettel ausdrucken lassen, sollte es bei den

Handlungen zu Zweifeln kommen. Die Laser-kanonen funktionieren automatisch. Bei Schussdistanz gehen an der Schaltanlage acht rote Lampen an. Nun braucht nur die grüne Lampe gedrückt werden und die Automatik er-fasst das Ziel und der Abschuss erfolgt. Okay Twyty. Bei Käpten Krix sind das Ziel bereits eingegeben und auch die Koordinaten für den Umgehungsflug. Er muss nur noch die Taste „Start" drücke. Alles andere steht auf dem Handzettel. Demzufolge bin ich nur zur Über-wachung da, fragt Krix jetzt. So ist es. Was habe ich denn zu tun, fragt jetzt Maxi. Du passt ganz genau auf die Anzeigen auf und meldest mir jede Kleinigkeit okay? Fudder kann es natür-lich nicht lassen, wieder seine Späße einzubrin-gen. Hoffentlich sind meine Augen noch gut, denn ich habe meine Brille nicht dabei.

Ein leichter Piepton, der über den Bordfunk kommt, unterbricht die Unterhaltung. Eine Stimme sagt, dass sich alle im Raum fünf Sek-tion eins einfinden sollen. Was ist los fragt Maxi? Vor dem Abflug gibt es noch etwas Kräf-tiges zu essen, denn der Flug dauert ziemlich lange. Fudder meint, wie sagen sie so schön auf dem Planeten „Erde" immer, das ist die Hen-kersmahlzeit. Nun denkt nicht gleich das

Schlimmste. Dieses Raumschiff ist zurzeit das Sicherste im ganzen All.

Es wartet auch noch eine schöne Überraschung auf dich Maxi. Krix und Fudder sind ebenso gespannt. Nun sag schon. Deine Mutter ist auch mit an Bord. Sie hat einen Spezialauftrag vom Planeten „Apollo". Krix und Fudder können es nicht glauben. General-Oberst Xena und dass bei unserem Test- und dann Angriffsflug. Das sage ich dir Fudder, da musst du alle feindlichen Raumschiffe treffen.

Das Raumschiff „Komet" fliegt mit hoher Geschwindigkeit ins Weltall. Durch kleine Sehschlitze schauen sich Twyty und Xena das All an. Er erklärt ihr die unendlichen Weiten mit den vielen Sternen. Im Raumschiff ist eine schwache Neigung zu spüren. Deswegen beruhigt er Xena. Die dritte Phase tritt gleich in Kraft. Das bedeutet, dass wir weiträumig im All wenden und werden dabei mit dem Raumschiff „Stern" kreuzen. Dann geht s im Sturzflug auf den Feind. Was wird meine zweite Tochter auf dem anderen Raumschiff für eine Position vertreten, fragt nun Xena. Sie sitzt bei Käpten Klak ganz sicher auf den Co-Pilotensessel. Wird sie es aber auch schaffen, fragt Xena wieder?

Wir hatten von der Führung der Raumfahrt-flotte da keinerlei Bedenken. Ihr bisheriges Führungszeugnis ist einmalig. Dann bin ich stolz auf unsere Töchter.

Jetzt gibt eine Offizierin Twyty eine Nach-richt. Wir haben unsere Position erreicht, und gehen nun mit der Geschwindigkeit auf Schleichfahrt. Nun begleitet Twyty Xena zu ih-rem Platz in der Sektion von Mako. Du brauchst dich jetzt nur anzugurten. Mako lä-chelt Twyty zu. Keine Sorge, wir passen schon alle auf sie auf. Gib ihm auch eine Nachricht von dem Überwachungsteleskop. Wir haben ihr Spionage Raumschiff viel näher an unserer Planetengruppe geortet. Feindliche Raum-schiffe immer noch auf ihrer Position. Der An-griff muss gleich erfolgen. Danke Mako. Twyty kommt schnell in die Kommandozentrale. Hier spricht der Käpten. Alarmstufe „Rot" alles an-schnallen. Käpten Fudder Mündungsklappen der Laserkanonen auf. Kanonen scharf machen.

Die Kommandos sind kurz, aber präzise. La-serkanonen scharf, Ziele im Visier. Okay Käp-ten. Käpten Krix auf Handsteuerung umschal-ten und die Nachbrenner zünden. Okay Käp-ten. Kurs auf Feind halten. Okay Käpten. Schon beginnt der Angriff. Eine Offizierin nickt Käpten Twyty zu. Käpten Maxi drücke den

Knopf mit Musik. In allen Sektionen sind die Kommandos zu hören und nun ertönt die laute Musik. Schalte auf Außen Ton. Okay Käpten. Das wird die feindlichen Raumschiffe völlig überraschen.

Käpten Fudder meldet Ziele im grünen Bereich. Dann gib Feuer. Ein Laserstrahl nach dem anderen verlässt mit einem starken Zischen das Raumschiff. Sofort erscheint auf der Anzeigekonsole von Fudder das erneute Aufladen de Laserkanonen. Als alle Kanonen wieder einsatzbereit sind, drückt er erneut den Auslöseknopf. Die Einschläge in den feindlichen Raumschiffen sind zu hören. Erneut werden die Laserkanonen aufgeladen und die Ziele ins Visier genommen. Noch einmal drückt Fudder auf den Knopf. Alle im Raumschiff "Komet" hören die Geräusche der berstenden feindlichen Raumschiffe. Auf der Computeranlage des Käpten Fudder, sind die zerstörten Raumschiffe aufgezeichnet worden. Stolz gibt er sein Ergebnis Twyty bekannt. Käpten, zweiundzwanzig Raumschiffe wurden vernichtet. Was ist mit den Restlichen, erkundigt sich Krix? Da sind keine mehr, antwortet Fudder wütend. Twyty beruhigt die beiden Spaßvögel. Den Rest hat Käpten Klak mit dem Raumschiff „Stern" erledigt. Kein feindliches Raumschiff konnte diesem Inferno entkommen. Jetzt lässt Käpten Twyty das Raumschiff stoppen. Wir haben noch ein Problem zu lösen. Ihr Spionage Raumschiff befindet sich noch immer auf seiner Position. Sicher wird es das gesamte Gefecht mitbekommen haben. Schließlich haben einige ihrer Raumschiffe auch auf Klaks und unseres geschossen. Durch unsere starke Panzerung haben wir aber keinen Schaden erlitten. Vor einigen Tagen entdeckten wir mit unserem Weltraum Teleskop dieses große Raumschiff. Sie sind ringsum mit Teleskop Antennen versehen. Ich denke, dass sie dadurch in alle Richtungen eine Überwachung absichern. Es wurden allerdings weder Mündungsklappen noch Laserkanonen entdeckt. Ihre Außenwände sind mit langen Spitzen versehen. Wir sind im Flottenverband auf die Lösung gekommen.

Dieses Spionage Raumschiff ist nicht bewaffnet. Ansonsten hätten sie uns in diesen Kampf mit ihren Laserkanonen angegriffen. Auch waren wir uns sicher, dass dieses Raumschiff nicht von Menschenhand bedient wird. Dort muss alles technisch an Bord geregelt werden. Na, meint Fudder, jetzt wird es aber gruselig. Sicher wurde das Raumschiff von einem feindlichen Raumschiff gesteuert. Ganz ungefährlich wird dieser Gegner aber auch nicht sein. Sicherlich ist dort für Waffen an Bord kein Platz mehr gewesen. Es dient mit seinen Geräten der Übertragung von Sichtungen und bei einem Abschuss hätten sie keine Verluste zu beklagen. Dennoch waren wir uns sicher, dass die Spitzen an den Außenwänden eine Art „Rammbock" sein könnten. Sobald wir uns ihnen nähern, wird ein Mechanismus durch einen Schaltkreis ausgelöst, der uns angreift. Wir konnten auch feststellen, dass die Panzerung sehr stark war.

Wir werden dieses Monster mit unserer Zusatzkanone abschießen. Fudder, du nimmst die das Handschussgerät und zielst damit auf dieses Flugobjekt.

Nun drückt Fudder den Knopf „HS" und es erscheint auf seinem Monitor eine riesige Kanone. Was ist das denn für ein Schießprügel, staunt er. Sogleich lässt er die Kanone aktivieren. Kanone zum Abschuss bereit. Kommando Ziel erfasst.

Käpten Twyty lässt das Raumschiff „Komet" wieder starten. Käpten Krix auf Sinkflug gehen und auf Ausweichmanöver schalten. Nach unserem Treffer müssen wir sofort wieder ins All abtauchen. Wir müssen auch auf Überraschungen gefasst sein. Beim Sinkflug machen Krix und Fudder natürlich wieder ihre Späße. Sag mal Fudder, siehst du ohne Brille dieses große Raumschiff überhaupt? So einen Feind würde ich auch mit einem Holzauge erkennen, antwortet Fudder. Da bin ich ja beruhigt. Nicht dass wir noch aus Versehen einen alten Stern beschießen.

Es ist auch im Sinkflug noch immer leise Musik zu hören. Das ist sicher so, weil die Mündungsklappen der Laserkanonen noch offen sind. Du kannst die Musik auch abstellen, meint Twyty zu Maxi. Ich habe das schon getan. Dann kann es nur vom Raumschiff „Stern" zu uns herüberklingen. Mako kommt jetzt in die Kommandozentrale. Er geht zu Käpten Twyty. Passt auf die „Stern" auf. Sie fliegt längsseits von uns. Wir haben sie schon auf unserem Überwachungsmonitor. Okay, wir passen auf. Käpten Krix bei Ausweichmanöver auf sechzig Grad ziehen. Die „Stern" fliegt schon neben uns. Okay Käpten. Warum funken sie uns nicht an, fragt Fudder. Wir haben noch immer totales Sendeverbot für alle so lange, bis wir diese Mission abgeschlossen haben. Wir sind jetzt nahe genug am feindlichen Raumschiff. Ziel fest im Visier. Krix hält jetzt den Hebel für die Handsteuerung fest, um schnell in die entsprechende Gradzahl abdrehen zu können.

Da ertönt ein lauter Knall und ein Feuerschein erhellt das All. Soll ich jetzt abdrehen fragt Fudder. Nein, antwortet dieser. Das war nicht unsere Kanone. In diesem Moment ruft Maxi, dass nur das halbe Raumschiff getroffen worden ist. Fudder überlegt nicht lange. Drückt den Auslöser der großen Kanone. Ein gelber, riesiger Laserstrahl schießt durch das All und trifft die zweite Hälfte. Die Detonation ist so heftig, dass die glühenden Teile in alle Richtungen geschleudert werden. Krix, du brauchst nicht mehr mit dem Raumschiff abzudrehen. Es ist alles okay. Der Fall ist abgeschlossen. Mako kommt wieder zu Twyty. Es ist noch ein altes Raumschiff in Anmarsch. Unser altes Teleskop hat es registriert. Also hat mich meine Ahnung doch nicht verlassen, sagt Twyty. Alle schauen sie nun gespannt auf ihn.

Die feindlichen Raumschiffe haben alle nur auf dieses eine Gewartet. Sicher ist in diesem Raumschiff ihre ganze Heeresführung versammelt. Mako gibt Twyty jetzt die genauen Koordinaten vom nahenden feindlichen Raumschiff. Krix gibt er den Befehl, das Raumschiff, um genau diese Gradzahl zu drehen. Handsteuerung beibehalten. Käpten Fudder aufpassen. Jetzt auf Weitdistanz einstellen und schießen. Von beiden Käpten kommt das Okay. Der Bordfunk ist noch immer angestellt. Alle Besatzungen in den Sektionen verfolgen das Geschehen. Maxi fragt jetzt, ob die Fremden auch von diesen Explosionen nichts mitbekommen haben.

Sicher werden sie das, und genau das wird sie noch rasender gemacht haben. Dazu kommt auch noch die Sinfonie der Musik und das Ungewisse über ihre Raumschiffflotte. Maxi, gib dem Raumschiff "Stern" zwei Pink rüber. Damit ist der Funkverkehr wieder frei und du schaltest Käpten Klak gleich auf Sendung. Okay Käpten. Käpten Klak erscheint auf dem Monitor. Neuer Befehl. Feindliches Raumschiff mit hoher Geschwindigkeit auf unserem Kurs. Die Gradzahlen sind notiert und eingegeben. Mit Höchstgeschwindigkeit fliegen wir Ihnen entgegen. Das wird sie noch mehr verblüffen. Nur noch eins. Käpten vom Raumschiff „Stern" ist Lisa. Sie hat sich tapfer geschlagen. Was war Deine Aufgabe, bei diesem Angriffsflug, fragt Twyty Käpten Klak. Ich habe für meine zweiundzwanzig Abschüsse gesorgt. Fudder erwidert empört. Das kann nicht sein. Twyty schlichtet, das Klären wir bei den nächsten Auszeichnungen. Alle müssen wieder lachen.

Twyty gibt den Befehl an Käpten Krix. Starten und auf Geschwindigkeit gehen. Käpten

Fudder Augen offen halte. So fliegen die „Stern" und der „Komet" auf den Feind zu. Gespenstig groß, meint Fudder, aber das Ding trifft man wenigstens. Nach einem rasanten Kollisionsflug stoppt plötzlich das feindliche Raumschiff. Krix bemerkt dazu, mit so hoher Geschwindigkeit unterwegs plötzlich zu stoppen, dazu gehört schon eine gute Technik und viel Können der gesamten Crew. Twyty meint daraufhin, das würde ich nie in Zweifel ziehen, dass sie mit schlecht ausgebildeter Besatzung sowie Technik durch das All fliegen.

Nun haben sie es begriffen, meint Fudder. Sie haben ihr Raumschiff gestoppt. Für den Handlaser reicht die Entfernung noch nicht. Wird unsere große Laserkanone auf diese Distanz einen Treffer erzielen, meint Fudder. Twyty, versuche es. Unsere Energie wird sicher noch nicht für einen vollständigen Weitschuss reichen. Dann wird es eben erst einmal ein Warnschuss sein. Krix ruft jetzt dazwischen, sie versuchen zu fliehen. Fudder beruhigt ihn. Sie müssen erst einmal aus dem „Halt" auf ihre Geschwindigkeit kommen. Das Raumschiff „Stern" schießt pausenlos Laserstrahlen in Richtung des feindlichen Raumschiffes. Fudder sieht alles auf dem Monitor und wird wieder

neidisch. Käpten Klak will nur seine Treffer-
quote erhöhen. So sagt Fudder vor sich hin.
Meine liebe große Kanone, enttäusche mich
nicht. Gib was du hast. Er drückt auf den Auslöser. Mit einem heulenden und fauchenden
Geräusch schießt ein großer gelber Laserstrahl
durch das All. Ein sehr lauter Knall, gefolgt von
einem riesigen Lichtbogen erhellt die Stelle des
fremden Raumschiffes. Nichts ist im All mehr
zu sehen. Nicht ein einziger Funke fliegt durch
das All. Käpten Klak erscheint auf den Monitoren. Er kennt Fudders Ehrgeiz und seine Späße
ganz genau. Die „Stern" hat den Feind vernichtet und dass mit vielen Volltreffern und lacht
dabei. Das lässt Fudder nicht auf sich sitzen.
Unsere große Laserkanone hat das Raumschiff
in die Flucht geschlagen. Mit euren kleinen Laserkanonen könnt ihr nicht einmal den Staub
von den Sternen schießen. Jetzt klärt Käpten
Twyty die Sachlage auf. Sie haben viel Glück
gehabt. Rechtzeitig sind sie mit ihrem Raumschiff auf hohe Geschwindigkeit gekommen. So
ist ihnen die Flucht gelungen. Twyty befielt
Raumschiff „Stern" stoppen und Kurs auf Heimatplanet abstecken. Guten Flug an das Raumschiff „Stern".

Fudder aber gibt nicht auf. Wenn wir noch etwas warten. Wenn wir hier auf unserer Position

verharren. Vielleicht kommen sie mit ihrem Kampfraumschiff doch noch zurück. Sie werden diese Schmach doch nicht einfach so hinnehmen.

Käpten Twyty geht aber nicht auf den Vorschlag ein. Sie haben ihre Flotte verloren. Das ist ihnen jetzt klar geworden. Solch einen Verlust kann keine Raumschiff Flotte schnell wieder ausgleichen. Was ich aber die ganze Zeit schon fragen wollte. Wo haben sich eigentlich Hillery und Cooper aufgehalten? Die habe ich gleich vor dem Abflug noch abgemustert. Sie hätten mit ihrem schwachen Nervenkostüm die Mission nur gefährdet.

Sie bekommen von diesem Raumschiff- Gefecht auch noch einen vollständigen Bericht. Maxi fragt nun Twyty, ob die feindlichen Raumschiffe wiederkommen werden. Seine Antwort darauf gibt er mit einem Lächeln. Wir werden niemals wieder Musik ins All senden.

Jetzt gibt Twyty Käpten Krix den Befehl, das Raumschiff auf Normalgeschwindigkeit zu schalten und im Anschluss die Koordinaten für den Computer des Planeten „Sirius" einzugeben. Okay kommt als Bestätigung von Krix. Automatischer Flug zum Heimatplanet bestätigt. Twyty nimmt nun das Mikrofon in seine

Hand und spricht zu seiner Besatzung. An alle. Die Alarmstufe „Rot" ist aufgehoben. Wir befinden uns bereits auf dem Heimflug. Mein Dank richtet sich an alle Besatzungsmitglieder dieses Raumschiffes für ihren disziplinierten Einsatz. Auf dem Stützpunkt unseres Planeten werden die Auszeichnungen bekannt gegeben. Ende der Durchsage. Fudder gibt wieder seinen Kommentar dazu ab. Dieses Mal muss etwas Ordentliches herauskommen. Lachend fügt Krix noch hinzu, na klar, auf unseren Uniformen ist noch viel Platz für weitere Orden. Somit ist die Stimmung an Bord durch die Späße der Beiden wieder hergestellt. Twyty erteilt Käpten Maxi den Befehl, das Abhörgerät beim Heimatflug anzulassen und genau darauf Acht zu geben. Beim kleinsten Hinweis sofort Meldung machen, okay. Mako und Xena betreten die Kommandozentrale. Wir haben Nachrichten von unserer Flugleitung, genau vom Ober Flotten Kapitän Meggy erhalten. Unseren und auch meinen persönlichen Glückwunsch sowie Dank an die Bestzungen der Raumschiffe für dieses Erfolg- und siegreiche Gefecht zum Schutz unserer Planeten Gruppe. Auch meinen persönlichen Glückwunsch an alle Besatzungen, sagt Xena. Sie gibt jedem Einzelnen in der Kommandozentrale die Hand. Als Käpten Fudder an der Reihe ist, gibt er gleich wieder seine

Meinung preis. Das war für mich bisher die höchste Auszeichnung in meiner Laufbahn. Das sehe ich auch so meint daraufhin Käpten Krix. Diese Glückwünsche gebe ich gleich noch über den Bordfunk durch sagt Mako und geht in seine Zentrale. Ja, das hat schon etwas für uns alle zu bedeuten, meint nun Twyty. Auch Xena geht nun wieder zu Mako in die Überwachungszentrale.

Twyty steht von seinem Pilotensessel auf und geht zu Kix. Du übernimmst jetzt beim Heimflug das Kommando. Meine Aufgabe ist es jetzt, einen Inspektionsrundgang durch unser Raumschiff zu machen.

Besonders der Maschinenraum muss kontrolliert werden. Wir sind mit diesem Raumschiff schließlich noch im Testflug.

Danach bin ich dann in meiner Kabine und werde mit dem Schreiben des Berichtes beginnen. Okay Kommandeur. Na, mich nicht gleich befördern. Erst nach diesem Einsatz kann es einen solchen Titel geben. Das sehen wir auch so, meinen die anderen Crew Mitglieder in der Kommandozentrale und nicken Krix sowie Twyty zu. Na, wenn ihr das so seht, meint Twyty bescheiden. Maxi legt noch einen Titel drauf, mein Ober Kommandeur. Nun ist es, aber genug sagt Twyty und beginnt seinen Rundgang. Als er den Maschinenraum betritt, sind viele Flugmechaniker bei der Arbeit. Twyty geht zum „Chef", wie er es immer betont und erkundigt sich, ob denn alles Stand gehalten hat. Ja, hat es, antwortet dieser. Wir überprüfen nur noch einmal für unsere Checkliste. Twyty schaut sich im Maschinenraum um. Bei euch ist alles blitzsauber und die Turbinen laufen ganz leise. Das ist für mich sehr beruhigend. Sein Befehl lautet dann weiter machen. Über den Bordfunk ertönt ein Ruf aus der Kommandozentrale.

So, ich muss los. Vielen Dank! Schnell geht Twyty durch die Gänge des Maschinenraumes. Er nimmt den Fahrstuhl zur Kommandozentrale.

Mako und Xena stehen schon vor seinem Computer und schauen ganz gespannt darauf. Setz dich, gibt Mako ihm den Befehl. Auf dem Monitor ist zu sehen, wie eine Blaskapelle musiziert. Das hört sich toll an. Ja meint Xena und der Dirigent ist mein Sohn Max. Das wäre doch nicht nötig gewesen, erwidert Twyty. So ein langer Anflug vom Planeten „Apollo" zu unseren Planeten. Das ist der Knackpunkt, meint General – Oberst Xena. Wenn mein Sohn Major

Max persönlich hier erscheint. Ist etwas Schlimmes passiert? Maxi widerspricht ihrer Mutter. Er wollte uns einfach etwas Gutes tun. Da hast du aber nicht Recht. Er hat eigentlich eine Abscheu für das Fliegen mit Raumschiffen. So etwas macht Max nur im Notfall, entgegnet Xena. Jetzt noch eine Nachricht von unserer Flugzentrale. Sie kommt von Hillery und Cooper. Wir haben den Strichcode entschlüsselt. Was meint ihr, was es heißen könnte, ist nun seine Frage. Das werden wir nach der Landung auf dem Flugplatz erfahren. Das Raumschiff landet in den Nachtstunden auf seinem Flugplatz. Der Ort gleicht einem Vergnügungspark. Alles ist hell erleuchtet und das Orchester spielt pausenlos hintereinander ein Lied nach dem anderen. Es gibt viele Stände mit Nahrungsmitteln und Belustigungen. Ja, meint nun Käpten Krix, hier und heute macht es einen Riesenspaß solch ein Raumschiff landen zu dürfen. Twyty nimmt das Mikrofon in die Hand. Wir steigen jetzt aus, gehen in unsere Unterkünfte, ziehen die Ausgangsuniformen an und dann wird zünftig gefeiert. Ich möchte noch einmal ein herzliches Danke an alle aussprechen. Jubelnd, aber doch geordnet, geht die Besatzung von Bord. Mako und Twyty sowie General Oberst Xena verlassen als letzte das Raumschiff. Sie kommen aber nicht weit. Cooper und Hillery erwarten sie schon. Ebenfalls stehen Käpten Krix und Fudder bei ihnen. Fudder sagt darauf etwas traurig. Es kommt leider schon wieder anders. Wir müssen sofort in die Sicherheitszentrale, um ein Problem zu lösen. Dirigent Major Max wird als Dirigent abgelöst und mitgenommen. In der Zentrale empfängt sie Meggy bereits und spricht ihnen erst einmal ihren Dank aus. Die Tür wird verschlossen. Es handelt sich wieder einmal um einen Geheimauftrag. Hillery schaltet im Raum auf Infrarot. Auf dem großen Bildschirm läuft ein Kurzfilm. Er erklärt die Zeichen als fast nicht auflösbaren Code. Dabei handelt es sich um zwei Indianerstämme, die noch mehrmals verschlüsselt sind. Die Lösung dafür lautet:

„Die Zugvögel fliegen wieder" Der Strichcode wurde über viele Satelliten zum Planeten „Erde" zurückverfolgt. Was hat er zu bedeuten und für wen ist diese Nachricht bestimmt? Wir sind sehr beunruhigt, dass uns schon wieder eine Invasion bevorsteht. Käpten Mola kam mit dem Raumschiff „Schwertfisch". Sie hatte ebenfalls diesen Strichcode mehrfach aufgefangen. Sie konnten jedoch auch nichts mit ihren Spezialisten herausfinden. Somit müssen wir ein Raumschiff zur „Erde" schicken, um die Lösung herauszufinden. Xena und Max tuschelten leise. Max bittet ums Wort. Das Licht geht an. Die Lösung für diese Probleme habe ich bei mir. Wir haben diesen Strichcode ebenfalls über unsere Satelliten empfangen. Allerdings brauchten wir ihn nicht zu entschlüsseln, denn ich kannte den Inhalt bereits. Dazu muss ich euch eine Geschichte erzählen. Es war vor einigen Jahren. Wir hatten vor der Umsetzung der neuen Kampfjets noch einen riskanten Flug zu absolvieren. Am Abend sollten drei Raumtransporter auf unseren Testgelände landen und unsere Flugeinheiten abholen. Es kam Käpten Kaema und meine Schwestern Lisa und Maxi. Danach nahmen wir an, dass sich nichts mehr von unserem Geschwader auf dem blauen Planeten „Erde" befand. Es kam aber anders. Die zweite Kampfmaschine flog mein Freund Henry. Wir starteten bereits in den Morgenstunden, berichtet Max weiter. Auf zehntausend Metern Höhe, bekamen wir zugleich vom Tankflugzeug, Sprit in unsere Maschinen. Auch die zwei Zusatztanks wurden befüllt. Das hat man noch nie in solch einer Höhe durchgeführt. Alles ging glatt. Nach dem Lösen der Tankschläuche, wurde sofort der Nachbrenner freigeschaltet. Wir stiegen mit hoher Geschwindigkeit bis über die Atmosphärenschicht. Sofort merkte ich es ist genug. Mein

Befehl an Henry lautete, Testflug beenden und auf Sturzflug gehen. Alles verstanden, meldete sich Henry.

In diesem Augenblick geschah es. Ein Laserstrahl verfehlte meine Maschine nur knapp. Ein lauter Knall und ein gelber Lichtbogen erhellten das All. In dieser Sekunde sah ich ein Raumschiff vor mir. Darauf befand sich ein Satellit und daneben ein Ufo. Alles ging sehr schnell. Mit einem gewagten Manöver zog ich die Maschine vor ihnen nach links hinunter. Mein Freund Henry hat von der Sache gar nichts mitbekommen. Er war sofort nach meinem Befehl abgedreht. Wir mussten durch eine dicke Wolkendecke fliegen. Es gab auf meiner Anzeigetafel im Cockpit keine Gefahr. Plötzlich ein Knall beim Verlassen der Wolkendecke. Auf meiner Anzeigetafel leuchteten nur noch rote Lampen und ein lauter Ton war zu hören. Maday, Madey, Madey. Wir hatten in diesen neuen Maschinen ein Rettungssystem. Sofort drückte ich den Knopf dafür. Es kam laut und deutlich die Nachricht über meine Kopfhörer Planquadrat „X 10" anfliegen. Diesen Standort kannte ich besonders gut. Er war nicht weit von unserem Flugplatz entfernt, aber in einem anderen Land. Gleich drückte ich nochmals auf diesen Knopf. Alles geht automatisch. Landeerlaubnis erteilt. Bahn 1 bis 2 ist frei.

Meine Maschine wurde im Sinkflug immer langsamer. Vor mir sah ich, wie Henry ebenfalls Schwierigkeiten hatte sein Flugzeug auf dem rettenden Flugplatz zu steuern. Erst jetzt bemerkte ich, dass aus unseren Flugzeugen dicke Rauchschwaden austraten. Meine Bedenken waren zugleich, haben sie noch einmal auf uns geschossen und getroffen. Dennoch ging die Landung gut. Im Landeanflug sah ich unter einem Tarnnetz ein großes Raumschiff. Wo waren wir hier gelandet, das waren meine Bedenken. Über deren Flugüberwachung bekam ich die Order, vor Tor 1 zu halten. Henry hielt bereits vor Tor 2. Mechaniker kamen gelaufen und halfen uns beim Aussteigen. Ein breitschultriger Offizier gab uns die Hand. Da habt ihr aber viel Glück gehabt. Heute flogen nicht so viele Zug Gänse. Dann gab er uns nochmals die Hand. Willkommen, auf „X 10". Gleich dachte ich, wie klein doch die Welt ist. Max sagt jetzt, erkennst du mich nicht mehr. Wir waren doch gemeinsam auf einer Flugschule. Natürlich hatte er mich auch gleich erkannt. Kommt beide einmal mit in mein Büro. Henry, der immer Hunger hat fragte, wo gibt es hier etwas zu Essen.

Mein Bekannter Georg gab ihm einen Plastik Chip. Ohne ihn kommst du hier nirgends rein. Im Vorzimmer seines Büros saß eine Offizierin. Er stellte sie mir vor. Meine Schwester Leutnant Nanzy, ist schon vergeben. Wir reichten uns die Hand. Sehr angenehm ebenfalls, meinte sie. Als wir in sein Büro kamen, ging eine Nachbartür auf. Ein älterer hochdekorierter Admiral gab mir ebenfalls die Hand. Willkommen bei uns. Wir haben euren Flug verfolgt, denn uns entgeht hier nichts. Major Max sagt jetzt verdutzt, sie kennen mich Admiral? Das schon sehr lange, erwidert er. Ich kenne auch ihren Vater und ihre Mutter General-Oberst Xena besonders gut. Ihr Vater und Käpten Behufer sowie einige Ingenieure, waren mehrere Tage bei uns auf der Ranch. Wir hatten viel Spaß. Damals wurde ein Abkommen getroffen. Wir wollten unbedingt selbst Raumschiffe und Ufos bauen. Dafür brauchten wir die entsprechenden Unterlagen. Käpten Behufer gab sie uns, aber nur unter einer Bedingung. Wir müssen sein „Z" Heimatgebiet so lange beobachten, bis er dort wieder eines Tages mit seinem Raumschiff erscheint. Er wollte dort heimisch werden. Für mehrere Jahre hatte er einen Auftrag erhalten,

Neue Lebensräume auf Planeten im All zu finden. So willigten wir ein. Pilot Lenzy flog nun alle mit einem Militär Hubschrauber auf ihre Basis zurück. Ich fragte gleich den Admiral, wie kann es sei, dass mein Vater so ein Fluggerät fliegen kann? Käpten Behufer meinte darauf, dass dieser Pilot sogar auf einem Besenstiel fliegen kann. Wir haben damals so darüber gelacht. Max antwortet nun, mein Vater Käpten Lenzy ist schon lange tot. Ja, das hat mir deine Mutter übermittelt, antwortet der Admiral. Sie berichtete auch von dem schändlichen Mord an Käpten Behufer und seiner Frau. Das ist alles sehr traurig. Wir haben dennoch sein Versprechen gehalten und viele Jahre im „Z" Gebiet beobachtet. Für uns war es ein Auftrag und sehr lehrreich, nach seinen Erkenntnissen zu arbeiten. Ich gehörte auch zu dem Gremium, welches zu einem anderen Planeten umsiedeln sollte. Doch ich bekam durch mein Alter eine andere Meinung. Warum diesen schönen blauen Planeten verlassen? Wir trennten uns damals alle im Guten. Wir bewirtschafteten unsere Farm. Dazu gehörte, auch viel Wald und Gebirge. In diesen Gebieten lebten auch einige Indianerstämme.

Wir gaben ihnen Arbeit, von der sie gut leben konnten. Eines Tages fanden indianische

Jäger besondere Steine in den Bergen. Es waren kostbare Diamanten. Andere fanden eine Goldader. So wurden wir hier sehr reich. Ich kam deshalb auf die Idee, die „Erde" doch noch zu retten.

Wir bauten den Flugplatz, die Raumschiffe und Ufos in kürzester Zeit. Die Männer der Indianerstämme bildeten wir als Piloten aus. Natürlich kamen später auch Frauen dazu. Sie hatten die Flug Gene, von denen damals dein Vater Pilot Lenzy sprach. Ohne diese Gene, geht es eben nicht. Als wir das biologische Erforschungslabor in Betrieb nahmen, hatten wir noch keine Vorstellung von unseren Aufgaben. Es gab hier mehrere studierte Wissenschaftler. Dadurch kam uns die Idee, wie wir den blauen Planeten „Erde" noch retten können. Meine Mitarbeiter hatten den Vorschlag gemacht, dass wir im „Z" Gebiet ein Raumschiff, ein Ufo sowie einen Satelliten stationieren. Sie hatten die Aufgabe, auf mehreren umherkreisenden Nachrichtensatelliten Kontrollgeräte anzubringen. So konnten wir die

Verfassung der Luft und das Klima gut bewerten. Nach Jahren war das Resultat für uns erschreckend. Es musste etwas unternommen werden. Beim Eingeben der Proben im Labor, wurden wir fast ratlos. Die Luft ist sicher schon sehr belastet. Das kam durch die Abgase von Großbetrieben, Autos, Schiffen und Flugzeugen. Es kommt aber noch schlimmer. Durch Atomversuche wird der Planet „Erde" weitaus noch mehr verseucht. Dadurch wird die Klimaerwärmung beschleunigt. Das Eis an den Polen unserer Erde schmilzt drastisch. So werden Viren und Bakterien freigesetzt, die Jahrtausende im Eis gebunden waren. Vielleicht ist auch ein biologisches Labor auf unsere Erde außer Kontrolle geraten. Durch Wind und Wirbelstürme vermischte sich alles um unseren Planeten. Es kann Jahre dauern, bis sich eine gefährliche Krankheit entwickelt, die dann auf die Menschheit übergeht.

Wir haben deshalb jeden Staat auf diesem Planeten angeschrieben, damit gegen den Klimawandel etwas unternommen wird. Unter dem Namen „Ufo-Akte" bekam jeder von uns ein Schreiben.

Nur wenige Antworten kamen zurück.

Ich fragte nun, wie wollt ihr das Inferno überleben? Sobald Anzeichen für eine gefährliche Krankheit vorhanden sind, steigen wir mit unseren zwei Raumschiffen in die Atmosphäre und verharren dort die nächsten zwei Jahre. Max fragt jetzt, warum gerade zwei Jahre? Für diese Zeit haben wir genug Proviant an Bord. Nach unseren Forschungsergebnissen ist es wie im Tierreich. Zuerst versterben die Alten und die mit einer Vorbelastung. Bei der zweiten Welle greift die Krankheit auf alle Jahrgänge über. Wir glauben, dass dann jeder Mensch auf unserem Planeten den Virus bereits in sich trägt, weil man leichtsinnig mit dieser Krankheit umgeht. Sicherlich wird ein Staat dem anderen die Schuld dieses teuflischen Unglückes zuschieben. Mehrere Kriege werden die Menschheit auf diesem Planeten weiter stark dezimieren. Dadurch wird der Klimawandel gestoppt. So erholt sich die Natur und das Leben auf der Erde wieder. Wir werden dann auch wieder da sein.

Für euch noch eine Warnung.

Bekommt ihr von uns eine Nachricht, dann dürft ihr diesen Planeten „Erde" nicht mehr anfliegen, denn ihr würdet diese Krankheit nicht mehr überleben.

Der Admiral ging nun zu seinem Sohn Georg. Was hast du dir für einen Text ausgedacht? Max, du wirst ewig an diesen Tag denken. Pass auf! Er erklärte mir sein Vorgehen. Es wird ein „Strichcode" sein. Er lautet, „Die Zugvögel fliegen wieder". Dieses ist alles mehrfach verschlüsselt und entstammt der Indianersprache. Ja, das werde ich mir merken, sagt Max. Der Admiral sagte, nicht vergessen und einen guten Flug. Er gab mir zum Abschluss nochmals die Hand. Über Georgs Funkanlage, hörten wir den Hauptmechaniker aus der Reparaturwerft. Chef, die Maschinen stehen startklar auf dem Rollfeld. Noch eine Frage an die Piloten. Nehmen sie die Säcke mit den Gänsefedern aus den Turbinen mit? Georg drückt den Knopf auf seinem Gerät. Er schaute mich an und ich rief gleich nein, nein. Georg gab ihm die Antwort. Du darfst die Federn behalten. Wir mussten alle lachen. Auch Leutnant Nanzy lachte mit. Ich bin noch ledig. Mein Bruder flunkert gern.

Sie gab mir die Hand und wünschte einen guten Flug. Auch Georg verabschiedete sich. Passt gut auf euren neuen Planeten „Apollo" auf. Es muss nicht eine zweite „Erde" geben. Ich bedankte mich noch bei beiden.

Pilot Henry sitzt bereits in seinem Kampfjet. Nach dem Start flogen wir beide noch einmal aus Dankbarkeit im Tiefflug über die Werfthalle. So ist die Sachlage mit dem „Strichcodes". Danke Pilot Max für diese Erklärung. Wir werden uns daranhalten.

Es ist schon Morgen geworden. Krix und Fudder schauen sich an. Wir haben wieder eine Feier verpasst. Ach, weißt du, bei solch schaurigen Geschichten, ist mir auch nicht nach Feiern zumute. Xena konnte dieses Gespräch hören. Ich werde euch zu der Nachfeier der Hochzeiten meiner Töchter einladen. Ja, meint Max, der dabeisteht. Da feiern wir einmal so richtig. Wann wird das sein, fragt Fudder? Wie sagt ihr immer, das steht zwischen den Sternen.

In der Sicherheitszentrale laufen die Gespräche weiter.

Meggy gibt Xena die Hand. Wir werden jetzt einen Plan für die Rettung der Raumschiffe ausarbeiten. Ihr bekommt in ein paar Stunden über das weitere Vorgehen Bescheid. Bis dahin könnt ihr euch ein wenig ausruhen. Hillery kommt zu ihrem Gespräch dazu. Es wird wohl noch anders werden. Soeben ist das Raumschiff „TayTa" mit Käpten Mona gelandet. Sie bringt vom Planeten „Luxor" Flugschüler. Auch Oberingenieur Buster ist mit an Bord. Cooper kam auf folgende Idee. Admiral Phönix hatte sicher die alten Raumschiffpläne noch zur Verfügung. Buster kennt sich mit diesen alten Plänen am besten aus. Oberflotten- Kapitän Meggy gibt Cooper gleich die Order, dass Käpten Monas Raumschiff sofort einsatzbereit gemacht wird. Okay, sagt jetzt Cooper. Krix und Fudder gehen ebenfalls mit an Bord, befielt Meggy.

Nach der Begrüßung von Buster legt Hillery ihn einen Plan vor. So könnte es gelingen. Entweder dockt ihr an und nehmt die Besatzung an Bord, oder ihr nehmt sie ins Schlepptau. Käpten Mona könnte auch in Normalgeschwindigkeit voran fliegen.

Die zwei Raumschiffe des Planeten „Erde" müssten ihr folgen. Buster widerspricht Hillery. Wie lange soll der Flug denn mit diesen alten Raumschiffen dauern? Dazu kommen auch noch die Risikofaktoren. Haben sie genug Treibstoff an Bord? Halten die alten Raumschiffe diesen langen Flug noch durch? Dieses Szenarium haben wir am Simulator bereits durchgespielt. Mit Normalgeschwindigkeit könnte es funktionieren. Krix und Fudder kommen jetzt wieder in die Zentrale. Sie hören ihre Vorschläge. Fudder gibt Buster die Hand. Du weißt am besten, dass es immer etwas anders wird als geplant. Wir werden unser Bestes geben, um die Raumschiffe vom Admiral zu retten. Über den Lautsprecher ertönt eine Stimme in der Zentrale. Das Raumschiff ist für den Einsatz zu dieser Mission einsatzbereit. Dann müssen wir aber los, meint Krix zu Fudder. Ansonsten fliegt Mona noch ohne uns los. Hillery meint daraufhin, die zwei werden wohl nie ihren Humor verlieren. Ja, antwortet Meggy. Sie haben auch die Gene für den Humor in sich. Hillery fragt nun Meggy, es kam noch eine Anfrage von General- Oberst Xena. Sie bittet uns darin, ihren Sohn Major Max mit auf die Rettungsmission zu nehmen. Warum das, fragt Meggy? Wie ich herausgehört habe, hatte er damals eine Frau kennengelernt. Es war die Tochter des Admirals, und er wollte sie unbedingt wiedersehen. Ob das eine gute Idee ist, weil bereits die beiden Humor-Kapitäne mit an Bord sind. Sie werden es schön mit ihm treiben. Daran habe ich auch bereits gedacht. Ich konnte dieser Frau den Wunsch aber nicht versagen. Dann soll es so sein. Meine Kapitäne werden ihm schon eine spannende Aufgabe an Bord geben und Käpten Mona ist ja auch noch da.

Krix und Fudder gehen über den Flugplatz in Richtung Raumschiff. Sag einmal fragt Fudder Krix. Hörst du auch etwas hinter uns? Wollen wir um meine goldene Uhr wetten? Es hört sich an wie eine Rolltasche und diese Schritte. Wie im Chor sagen beide „Max". Sie drehen sich um und Max steht strahlend vor ihnen. Männer, ich werde euch bei diesem Flug begleiten. Dann bin ich ja beruhigt, scherzt Fudder. Wir dachten schon, du gehst hier spazieren.

Krix gibt ihm die Hand. Willkommen an Bord. Alle steigen ins Raumschiff und begrüßen Käpten Mona mit angelegter Hand an der Uniformmütze.

Schön, dass ihr mit an Bord seid und über Major Max wurde ich auch bereits informiert. Was machen wir jetzt mit ihm? Fudder hat gleich wieder einen seiner Späße auf Lager. Er kennt sich gut im Küchendienst aus. Über diese Idee staunt Mona ziemlich erschrocken. Krix beruhigt sie. Das war nur ein Spaß. Du kennst doch unseren Humor.

In der Kommandozentrale herrscht noch ein aufgeregtes Treiben. Von den Offizieren der verschiedenen Abteilungen kommen einzelne Kommandos. Mona sagt, wir werden es folgendermaßen machen. Krix steuert das Raumschiff und Fudder ist dabei Co-Pilot. Major Max übernimmt bei diesem Flug die Überwachung des Weltalles. Nein, entgegnet jetzt Fudder. Wir machen aus Max einen von uns und dann hat er auch die Flug Gene. Meinst du das im Ernst, oder ist es wieder nur ein Spaß von dir? Für die Überwachung des Weltraumes hat er noch keine Erfahrung. Dieses Risiko können wir nicht eingehen. Darum setze ich mich an die Überwachungsgeräte, sagt Fudder. Major Max werde ich als Co-Pilot ausbilden, meint darauf Käpten Krix.

Nun gut, damit bin ich einverstanden. Nehmt gleich eure Plätze ein, befielt Mona. Ein hochdekorierter Offizier kommt nun in die Kommandozentrale des Raumschiffes. Er meldet sich bei Käpten Mona. Fudder dreht sich um und ruft, Krix schau mal es ist unser Ziehsohn. Mona geht mit ihm in der Kommandozentrale von einem Offizier zum Nächsten und stellt ihn vor. Bei Krix angekommen, gibt er seine vorschriftsmäßige Meldung ab. Max staunt über die militärische Ordnung auf so einem Raumschiff. Nur Fudder steht auf und umarmt ihn. Willkommen an Bord mein Junge. Ich habe es gleich gesagt, er Commander. Twyty gibt jedem die Hand. Viel Glück bei dieser Mission. Mein Auftrag ist es, her an Bord als Sicherheitsoffizier zu fungieren. Die Abteilung war der Meinung, dass die beiden Raumschiffe des Planeten „Erde" bereits mit Viren belastet sind. Eine gewisse Vorsicht muss sein. Wir werden vor Ort die Entscheidung gemeinsam treffen. Mona nimmt das Mikrofon. Alle Abteilungen hatten ihr die Einsatzbereitschaft bestätigt. Sie gibt nun den Tagesbefehl heraus. Achtung, Achtung! Der Start erfolgt in wenigen Sekunden.

Alarmstufe Rot! Twyty geht zu einer Kabine neben der Kommandozentrale. Er bleibt nicht bei uns, sagt Krix. Damit müssen wir beide uns zukünftig immer abfinden. Hast du seine schnittige Uniform gesehen? Die vielen Orden auf der Brust? Er ist jetzt ein hoher Offizier in unserem Stab. Aber er wird uns doch nicht vergessen, meint Krix. Nein, sagt Fudder. Das würde ich ihm auch nicht raten. Mona setzt sich in ihren Pilotensessel und nickt Käpten Krix zu. Na, dann wollen wir mal. Jetzt schaut Krix zu Max. Wir werden erst einmal auf zehntausend Meter aufsteigen und danach mit ein Sol weiterfliegen. Major Max nickt Käpten Krix zu und lächelt. Auch Fuuder schaut zu Max und lächelt ebenfalls. Krix betätigt eine Taste und das Raumschiff „Tayta" hebt vom Flugplatz ab. Es wird beim Steigflug immer schneller. Er drückt die nächste Taste. Das ist die Automatik. Erneut drückt er eine Taste. Das Raumschiff fliegt jetzt mit Solgeschwindigkeit. Max wird durch den Ruck in seinem Pilotensessel ein ganzes Stück nach oben gehoben. Fudder kommt aus dem Lachen nicht mehr heraus. Krix schaut Max verwundert an. Entschuldige bitte, du hast die Verschlüsse der Sicherheitsgurte nicht genug eingerastet. So langsam versteht auch Max ihre ihre Späße. Es ist nichts passiert, meint er daraufhin. Die Landung in meinem Pilotensessel war doch perfekt. Wieder lachen alle. Krix schaut zu Max und fragt, ob er die Gurte nun richtig befestigt hat. Ja, mein Kapitän. Das ist nicht zum Lachen, antwortet Krix. Wir werden die Geschwindigkeit noch einmal erhöhen. Es gibt also nochmals einen gewaltigen Ruck. Fudder steht auf und drückt die Gurte von Max tief hinein. Ein lautes Klicken ist zu hören. Jetzt sind sie erst fest. Danke Fudder, erwidert Max. Beim nächsten Mal passe ich besser auf meinen Co-Piloten auf, sagt Krix. Im gesamten Raumschiff blinken die roten Alarmlampen und es gibt wieder einen kräftigen Ruck. Über Bordfunk kommt von Käpten Mona die Durchsage, Achtung, Achtung. Wir sind im Normalflug bis zu unserem Zielgebiet. Fudder erhebt sich und löst die Gurte von Max in seinem Sessel. So hast du es bequemer. Krix kann dir noch viel erklären. Auch Krix gibt jetzt seine Späße dazu. Fudder ist wie eine Mutti zu dir. Diese Seite kenne ich gar nicht von ihm. Max spielt inzwischen kräftig mit. Sicher hatte er Angst vor meiner Mutti. Alles lacht.

Hier habt ihr einen gleichrangigen Mitspieler für eure Späße gefunden, meint jetzt Mola. Darauf antwortet Fudder, Angst habe ich keine, Respekt aber schon, bei solch einer hochrangigen Frau. Fudder meldet nun sehr heftige Explosionen in unserem Zielgebiet. Commander Twyty kommt wieder in die Kommandozentrale und setzt sich neben Major Max in den Pilotensessel. Auch ihm meldet Fudder starke Explosionen im Zielgebiet. Wie lange fliegen wir noch, fragt er Krix? Bei dieser Geschwindigkeit noch zehn Stunden. Können wir auch etwas schneller fliegen, fragt er Mona? Ja, aber das Risiko möchte ich nicht eingehen. Das Raumschiff wurde zwar gründlich überholt, und die Garantie für diese Geschwindigkeit von Oberingenieur Buster bestätigt. Ich traue diesem alten Raumschiff aber nicht mehr zu. Na, dann bleiben wir bei dieser Geschwindigkeit. Du hast schließlich das Kommando und die Verantwortung. Max schaut Twyty an. Wolltest du noch etwas sagen oder fragen. Ich bekam als Sicherheitsbeauftragter die Order bei diesem Flug etwas nachzuhaken. Dabei ging es um dein Gespräch mit dem Admiral Phönix. Ja, du hast Recht. Alles wollte und konnte ich nicht erzählen.

Es war mir zu vage, was der Admiral alles noch erzählt hat. Bei der Überwachung im „Z" Gebiet z. B. wurde am 10.März 2009 ein kleines Raumschiff an einen Satelliten angedockt, und es wurde ein Behälter von zwei Gestalten angebracht. Es war die Aufgabe des Admirals, dieses Gebiet mit seinem Raumschiff zu überwachen. Es war so mit Käpten Behufer vereinbart. Immer mehr Satelliten wurden damals mit Behältern bestückt. Diese Behälter waren aber leer. Niemand vom Raumschiff hatte darauf eine Erklärung. Die Aktion dauerte drei Tage.

Einige Jahre waren keine Aktionen an den Satelliten zu beobachten. Twyty fragt daraufhin Max. Das hat in diesem Gebiet wohl keiner mitbekommen? Das habe ich den Admiral auch gefragt, sagt Max. Seiner Meinung nach, war er sich sicher, dass es Störungen am Satelliten gegeben hat. So kam es, dass drei Tage die Übertragung bei Nachrichten, wie Telefon, Fernsehen usw, gestört waren. Man wußte sich aber nicht zu helfen. Als das Knistern, das Rauschen und die Störungen aufhörten, wurde sicher bei jeder Flugüberwachung in diesem Gebiet, alles unter strengstem Verschluss gehalten. Der Admiral vertrat die Meinung, viele Jahre wollte man eine Weltraumpolizei gründen, aber es scheiterte immer an der Gemeinsamkeit der Staaten und was diese Mission kosten würde. Er war auch der Meinung, dass die Raumstation, welche bereits viele Jahre um den Planeten „Erde" kreist, nicht genügend für die Sicherheit des Planeten beitrug. Dieses Geld für den Bau von Raumschiffen mit Laserkanonen an Bord hätte zur Verteidigung des Planeten „Erde" besser verwendet werden müssen. Nach vielen Jahren, das Datum habe ich vergessen, beobachtete ihr Raumschiff, wie ein Raumschiff kleineren Typs mit Genauigkeit über einem Satelliten stoppte und eine Flüssigkeit in deren Behälter lies. Wieder wurden drei Tage lang Störungen in diesem Gebiet registriert. Sämtliche Behälter auf den Satelliten wurden von ihnen befüllt. Plötzlich kam ein großes Raumschiff wie aus dem Nichts und griff das fremde Kleine Raumschiff an. Dieses flüchtete sofort und das große folgte ihm. Das große Raumschiff steuerte Käpten Habat auf Patrouille, meinte Twyty. Wir hatten seinen Bericht gelesen.

Warum hatte das Raumschiff des Admirals nicht angegriffen, und diese Aktion unterbunden? Das habe ich auch gleich gefragt? Er hatte darauf eine einfache Antwort. Wir haben für die Laserkanonen noch keine Crew. Das Risiko für einen Angriff wäre sicher für uns tragisch ausgegangen. Sie konnten uns nicht sehen, weil wir uns eingenebelt hatten. Der Admiral erklärte weiter, dass sie vom Inhalt der Satellitenbehälter nahmen. In ihrem Forschungslabor ließen sie diese untersuchen. Das Resultat war verblüffend. Eine Harmlose Substanz befand sich in den Behältern. Sie stammte von einer Pflanze aus dem Meer. Nach Jahren wurde diese Meinung verworfen. Der Admiral nahm an, dass durch die vielen Jahre die Substanz regelrecht um den gesamten Planeten mit Viren vermischt wurde. Damit wurden Jahrtausende eingeschlossene Mikroben der Antarktis freigesetzt. Begünstigt durch die starken Winde der Erde, wurden die tödlichen Viren in jedes Land auf diesem Planeten verteilt. Dann gibt es keine Rettung mehr.

Noch eine Frage Max.

Bei deinem Bericht in unserer Sicherheitsabteilung hast du den Begriff „Ufo Akte" von Admiral Phönix" erwähnt. Danach habe ich ihn auch gleich gefragt. Weshalb nicht Klima- oder Gesundheitsakte? Seine Antwort war wieder vage. Die Mitarbeiter von seinem militärischen Überwachungsapparat nehmen an, dass schon viele Länder von diesem Zwischenfall gewusst haben. Vielleicht hatten sogar einige dieser Länder Kontakt zur dieser Macht. Seine Vermutungen wollte er durch diese Akte geklärt haben. Er hat nie eine konkrete Antwort von einem Land bekommen. Man wollte die eigene

Bevölkerung damit nicht verunsichern. Nach seiner Analyse wird die fremde Macht versuchen, den Planeten Erde in Besitz zu nehmen. Das hört sich gruselig an, sagt Fudder. Denkbar wäre das schon meint Twyty. Sicher wird es noch viele Jahre dauern. Sie haben gewiss viel Zeit für ihr Vorhaben eingeplant.

Käpten Habat hatte damals in seinem Bericht schon so eine Andeutung gemacht. Er verfolgte derzeit das kleine Raumschiff weit ins All. Dort landete es auf einem kleinen Planeten, mitten in einem Waldgebiet.

Mit seinem Raumschiff umkreiste er diesen Planeten noch mehrmals. Dabei registrierte er noch sieben kleine Raumschiffe. Er verließ den kleinen Planeten, denn er wollte sich nicht auf einen Kampf einlassen. Deshalb nehmen wir in unserer Sicherheitsabteilung an, besonders Hillery und Cooper. Es ist für sie nur ein Vorposten einer fremden Raumschiffmacht. Wir müssen auch weiter auf sie aufpassen. Daraufhin wurde beschlossen, noch zwei Kampfraumschiffe bauen zu lassen. Twyty schaut dabei Käpten Mona an. Das erste davon, wird Mona kommandieren. Das andere Käpten Mola. Die Beförderung habe ich bereits in meinem Aktenkoffer. Glückwunsch Commander Mona. Twyty überreicht ihr eine kleine Schatulle mit jeweils drei kleinen Sternen. Aus der Kommandozentrale erfolgen sogleich die Glückwünsche der anderen. Commander Twyty gibt Krix und Fudder ebenfalls eine kleine Schatulle mit zwei Sternen darin. Meinen Glückwunsch für euch zwei Haudegen. Das ist der Anfang für eure Zukunft als Raumschiffführer. Fudder aber widerspricht ihm gleich. Wir bleiben lieber Ufo-Piloten und schaut dabei Krix an. Ja meint Krix und das auf jeden Fall. Auf den Überwachungsgeräten sind wiederholt Explosionen zu hören. Mona gibt Twyty den ersten Bericht über das Zielgebiet ab. Er liest ihn und kommt zum Ergebnis. Die zwei Raumschiffe vom Admiral müssen sich in einem heftigen Gefecht mit einem Gegner des Planeten „Erde" befinden. Fudder aber widerspricht ihm. Die Geräusche kommen weit aus dem All sowie über der Atmosphäre. Mona befielt Krix, gehe auf Schleichfahrt. Wir müssen uns die Sache in Ruhe ansehen. Okay, erwidert Krix. Er nimmt die hohe Geschwindigkeit des Raumschiffes zurück. Käpten Mona gibt über den Bordfunk die Alarmstufe Rot. Was heißt das, fragt Major Max erstaunt? Absolute Ruhe im Raumschiff. Fudder gibt Twyty ein Zeichen und er setzt sich neben ihn. Sie schauen auf den Monitor. Zwei große weiße Flecken im All, nahe der Atmosphäre sind zu sehen. Sie werden immer größer. Es sind die Raumschiffe des Admirals, sagt nun Twyty. Leise fragt Mona bei ihrer Offizierin der Horch- Überwachungsanlage an. Haben wir schon Kommunikationskontakt mit einem ihrer Raumschiffe? Sie betätigt einige Schalter an den Geräten. Auf dem Monitor erscheint der Admiral. Käpten Mona spricht ihn an. Der Admiral begrüßt die Besatzung des Raumschiffes „Tayta" und gibt seinen Bericht durch.

Viele Monate verharrten wir mit unserem Raumschiff um den Planeten „Erde", um das Geschehen mit der gefährlichen Viruskrankheit zu beobachten. Jetzt wurden wir entdeckt und mit Laserkanonen beschossen. Sofort gab ich den Befehl, bis über die Atmosphäre aufzusteigen. Dadurch kamen wir aus ihrer Schussreichweite. Das gelang uns auch. Als beide Raumschiffe stoppten, bekam ich die Nachricht von meinem Navigator. Vor uns befindet sich ein fremdes kleines Raumschiff. Es flog im Schleichflug auf einen Satelliten zu. Unsere Raumschiffe hatten es sicher nicht gesehen. Wie immer haben wir uns beim Aufstieg eingenebelt. Das kleine Raumschiff stoppte über den Satelliten. Zwei Gestalten in Raumanzügen machten sich an den Satelliten zu schaffen. Sie waren sehr geübt in ihren Handlungen. Schnell stiegen sie wieder in ihr kleines Raumschiff. Sicher wollten sie zum nächsten Satelliten. Unsere Tarnung mit dem Nebel hatte nachgelassen. Sie entdeckten uns und schossen sofort. Ihre Lasergeschosse erreichten uns jedoch nicht. Nun gab ich den Befehl an beide Raumschiffe von uns, Feuer frei! So wie es bei unserer Crew aber schon oftmals war, es traf keiner unserer Lasergeschosse. Wir hatten die Schießübungen damals stets vernachlässigt und das rächte sich jetzt. Dennoch war der Dauerbeschuss ein Erfolg. Das kleine Raumschiff verschwand schnell und postierte sich im All in einem weiten Abstand. Fudder gibt gleich wieder seinen Kommentar ab. Das kann wieder ein" Geholze" im All werden. Warum, fragt Max leise? Sie werden jetzt ihre anderen Raumschiffe um Hilfe bitten. Käpten Mona bedankt sich für den Bericht vom Admiral. Sie werden bestimmt an ihren Stützpunkt zwei Raumschiffe gemeldet haben. Wir sind jetzt aber drei Kampfraumschiffe.

Admiral, lassen sie ihre Raumschiffe in ständiger Alarmbereitschaft. Es kann jeden Moment wieder zu einer Kampfhandlung kommen. Major Max sagt daraufhin, da habe ich so eine Idee.

Wenn wir das kleine Raumschiff eliminieren, und das schnell, haben die anderen fremden Raumschiffe bestimmt keine genaue Ortung von uns. Wie soll das denn gelingen, fragt Fudder? Auf der Erde hätte ich folgenden Plan gehabt. Mit meiner Jagdmaschine wäre der Angriff von hinten gekommen, sagt Max. Damit rechnen sie nicht. Da ist was dran stimmt Twyty zu. Mona meint daraufhin. Wir machen es so. Der Admiral mit seinen zwei Raumschiffen, bleibt auf Position. Wir werden einen Blitzsolstart weit hoch ins All vornehmen. Im Schleichflug kommen wir hinter dem fremden Raumschiff wieder zurück. Um die Feuerkraft noch zu erhöhen, werden Krix und Fudder den Angriff mit ihren Ufos noch unterstützen, sagt Twyty. Habt ihr noch Fragen, erkundigt sich Mona? Nur Max meldet sich. Was mache ich bei diesem Gefecht? Komm her, meint Fudder, Du wirst den großen Laser Torpedo bedienen. Es ist ganz einfach. Was du hier im Fadenkreuz auf dem Monitor siehst, ist zum Abschuss treffsicher. Mit diesem Knopf kannst du die Kanone nachladen usw. Max antwortet darauf. Alles Okay! Die Steuerung des Raumschiffes übernehme ich, meint Twyty.

Krix und Fudder, ihr wartet den Sol Start noch ab und geht dann zu euren Ufos. Alles wird vorbereitet. Mona nimmt das Mikrofon in die Hand. Achtung, Achtung, Alarmstufe Rot., Sol Start in einer Minute. Sie schaltet zum Admiral. Mit euren Raumschiffen auf Position bleiben. Verstanden, kommt zurück. Mona schnallt sich in ihrem Pilotensessel fest und nickt Twyty zu. Es herrscht eine angespannte Ruhe in der Kommandozentrale. Nach einem gewaltigen Ruck werden die Piloten tief in ihre Sessel gedrückt. Der Blitzflug erfolgt. Auf Position angekommen, stoppt das Raumschiff „Tayta" und fliegt auf Schleichfahrt. Das Oberdeck lässt Twyty nun öffnen. Auf den Monitoren ist zu sehen, wie" Ufo I" und „Ufo II" aus dem Raumschiff schweben. Hinter dem Raumschiff nehmen sie ihre Position ein. Sie fliegen im Schleichflug hinterher. Mona sieht auf ihrem Monitor. Es ist weit und breit im All kein anderes Raumschiff zu sehen. Sie gibt an Max den Befehl. Laser scharf machen! Er ist bereits schussbereit, antwortet Max. Mona fragt nun Twyty. Wie werden Krix und Fudder vorgehen? Ihr Plan ist sicher, so wie immer. Angst kennen sie und ihre Crew nicht.

Sie haben sogar immer Spaß daran. Wir sind gleich in der Schuss Distanz. Die Ufos überholen uns und schießen von zwei Seiten sofort auf ihr Ziel. Danach drehen sie nach dem Laser-schuss ab und nehmen die alte Position hinter unserem Raumschiff wieder ein. Twyty gibt Max schnell noch einen Rat. Er soll erst nach dem Angriff der Ufos schießen. Okay, sagt Max. Er ist angespannt und voller Tatendrang. „Ufo I" und „Ufo II" fliegen rasant am Raum-schiff „Tayta" vorbei. Sie wollen ihren Laser ab-feuern. Ein gewaltiger Laser Torpedo haucht in diesem Moment durch das All. Ein Volltreffer auf das kleine fremde Raumschiff, beendet den Angriff. Glühende Funken erhellen das All, be-gleitet von einem lauten Knall. Was war das denn, funkt Fudder zu Krix? Wollen wir wieder wetten? Von beiden kommt die gleiche Ant-wort. Das war Max. Mona lässt nach dem Ge-fecht das All mit den Sonargeräten auf die Si-cherheit vor einem möglichen Gegenangriff überprüfen. Dann gibt sie den Befehl. „Ufo I" und „Ufo II" unter Deck. Die Mission ist been-det. Twyty schaltet auf Sinkflug in Richtung der zwei Raumschiffe des Admirals. Max mel-det, ich sehe ein Ufo in meiner Zielvorrichtung.

Mona schaut verblüfft auf ihren Monitor. Ja, es ist ein Ufo. Sie schaltet die Verbindung zum Admiral. Der antwortet gleich. Vielen, vielen Dank für diesen gewagten Einsatz. Wer weiß, wie e ohne euch hier ausgegangen wäre. Schon gut, meint Mona. Meine Frage, habt ihr ein Ufo im Einsatz? Ja, erwiderte der Admiral. Mein Sohn George wollte euch bei dem Gefecht mit unterstützen. Wir nahmen an, wenn das feindliche Raumschiff die Flucht in unsere Richtung unternimmt, wollte er es mit dem Ufo abschießen. Nur er kann mit der Laserkanone umgehen. Leider aber nur im Ufo. Nicht mit den größeren Laserkanonen auf den Raumschiffen. Mona geht jetzt aus der Kommandozentrale in den Nebenraum mit dem großen Monitor. Dort unterhält sie sich weiter mit dem Admiral. Sie weiß genau, was jetzt passieren wird, sobald Krix und Fudder in der Zentrale erscheinen. Twyty kennt die beiden noch besser. Er gibt Max schnell noch einen Tipp. Sei bei ihren Späßen gleich auf der Hut. Im Eilschritt kommen Krix und Fudder in die Kommandozentrale. Sie melden sich bei Commander Twyty wieder einsatzbereit. Dieser bedank sich und muss etwas lachen.

Fudder geht auf den verdutzen Max zu. Er gibt ihm die Hand. Das hast du gut gemacht, alle Achtung! Von seiner Uniform nimmt er einen großen Orden ab und befestigt ihn an der Uniform von Max. Den hast du dir verdient, fügt er hinzu. Da sind aber viel Diamanten drauf, bemerkt Max. Fudder erwidert. Davon haben wir genug. Auch Krix beglückwünscht Max mit einem Handschlag. Wer weiß, ob wir das kleine Raumschiff überhaupt getroffen hätten, bemerkt Krix im Spaß. Die ganze Besatzung auf dem Raumschiff verfolgt dieses Gespräch und lacht natürlich mit. Twyty hatte zuvor den Bordfunk mit angeschaltet. Jetzt nehmen alle wieder ihre Plätze ein. Krix führt weiter das Raumschiff. Max ist für den Orden sehr dankbar und strahlt über das ganze Gesicht. Fudder fügt tröstend hinzu, das war doch nur ein Orden für ein kleines Raumschiff. Jetzt setzt sich Max wieder in den Co -Pilotensessel. Krix spielt Fudders Späße natürlich mit. Die großen Raumschiffe schießen wir zukünftig wieder selbst ab. Krix fügt wieder hinzu, es sei denn ich bin schneller. Ein Lachen begleitet den Disput. Twyty, nun lasst es gut sein. Krix, stoppe neben dem Raumschiff und dem Ufo des Admirals. Okay Commander.

Twyty geht zu Käpten Mona in den Nebenraum. Er schaut auf den großen Monitor. Wie sieht die Lage aus, fragt er. Die beiden Raumschiffe vom Admiral haben sich mit ihren Besatzungen geeinigt. Sie wollen ihre Mission, die „Erde" zu retten, fortsetzen. Das Ufo möchten wir übernehmen. Sie haben keine Ersatzteile mehr. Was machen wir mit ihrer Ufo- Besatzung, fragt nun Twyty?

Der Admiral hatte angefragt, ob wir sie nach dem Planeten „Apollo" mitnehmen könnten. Jetzt meldet sich der Admiral wieder auf dem Monitor. Seine Frage lautet, wie verbleiben wir? Alles klar Admiral. Wir übernehmen das Ufo mit der Crew. Nachmals meinen Dank für euren Einsatz sagt der Admiral. Wir fliegen jetzt wieder in die Atmosphäre und werden den Planeten „Erde" weiter beobachten. Ihr hört über die Satelliten von uns. Twyty wünscht einen guten Flug und Käpten Mona schließt sich diesen Wünschen an. Beide gehen sie an den Kartentisch in der Kommandozentrale. Mona legt einen Bauplan vom Raumschiff „Tayta" vor. Wir werden es so machen. Das Ufo bleibt auf Position. Wir docken von unten an. Die Crew des Ufos steigt in die Desinfektionskammer.

Danach werden sie von unseren Ärzten untersucht. Diese Vorsichtsmaßnahmen müssen wir durchführen. Okay Mona. Was aber machen wir mit dem Ufo, fragt Twyty? Meiner Anfrage nach, an unsere leitenden Flugingenieure habe ich ihre Meinung angenommen. Das Ufo ist für uns wertlos. Dazu kommt noch,

dass es sicher mit Viren an der Außenhaut verseucht ist.

Sobald die Crew das Ufo verlassen hat, wird
unser Sprengmeister eine Ladung TDT im Ufo
anbringen. Er stellt das Ufo auf automatischen
Steigflug ein und kommt sofort wieder in unser
Raumschiff zurück. In einer gewissen Entfernung im All, wird das Ufo kontrolliert explo-
dieren. Bis dahin haben wir mit unserem
Raumschiff auch schon wieder Geschwindigkeit aufgenommen. Das hört sich alles sehr ver-
nünftig an. Twyty geht in seine Kabine und
kommt mit einem Päckchen heraus. Mona
fragt, ist das der Sprengsatz? Wer ist eigentlich
der Sprengmeister? Twyty zeigt auf Krix. Er ist
der Beste, den wir je hatten. Twyty geht zu Fudder. Du übernimmst das Raumschiff für eine
kurze Zeit. Okay Commander.

Max, du übernimmst Fudders Position. Krix
geht zu Twyty. Alles klar? Welche Entfernung
denkst du? Das überlasse ich dem Sprengmeister. Ich werde das Ufo erst weit nach oben fliegen lassen, denn dort ist genügend Platz. Nicht,
dass ich noch den Admiral mit seinem eigenen
Ufo abschieße. Krix erscheint mit der Sprengladung im Decksraum. Die Eisatztruppe übergibt
Krix einen Astronautenanzug und bittet ihn
diesen anzuziehen. So etwas brauche ich nicht,

sagt er. So sind hier aber die Vorschriften Zuviel ist hier schon passiert. Kleinlaut gibt Krix sein Okay dazu. Er zwängt sich in den Anzug, nimmt seine Sprengladung unter den Arm und wird mit einer Hebebühne von zwei Arbeitern an Deck zur Rettungsluke hochgefahren. Die Verriegelung wird geöffnet. Krix wird zusätzlich mit einem Seil abgesichert. Er nickt den beiden Männern zu und steigt aus der Luke, in die Tür des Seitenantriebes vom Ufo. Über die Sauberkeit im Maschinenraum ist er erstaunt. Dabei denkt er, eigentlich ist es schade um dieses schöne Ufo. Sicher hätte es als Museum noch gute Liste geleistet. Krix setzt sich in die Steuerzentrale. Er stellt die Zeit für den Sprengstoff ein. Jetzt bedient er die automatische Steuerung und geht zügig den Weg zurück. Krix sieht, wie das Ufo abhebt. Er versucht die Verriegelung der Rettungsluke zu öffnen. Dabei muss feststellen, es geht nicht. Mit voller Wucht drückt er auf die Luke. Auch hört er, wie die Arbeiter unter Deck versuchen, die Luke zu öffnen. In der Kommandozentrale ist inzwischen die Nachricht von dem Zwischenfall gemeldet worden. Mona und Twyty schauen schnell auf den Bauplan des Raumschiffes. Dabei stellen sie fest, dass sich neben der Rettungsluke noch eine Öffnung befindet. Es sieht aus, wie ein großes Rad und befindet sich unterhalb der Decke.

Max hört ihr Gespräch mit und teilt Fudder mit, welche Idee ihm vorschwebt. Diese Verriegelung wird bei unseren U- Booten auch verwendet. Dieses Rad muss nach einer Richtung gedreht werden. Klappt das nicht, muss es in die entgegengesetzte Richtung bewegt werden. Fudder nickt Max zu. Eine Offizierin kommt mit einen Astronautenanzug in die Zentrale und fragt, für wen ist sie bestimmt? Twyty meldet sich. Nein, meint Fudder. Du nicht mein Junge. Das ist ein Job für mich. Komm Twyty, übernimm die Steuerung des Raumschiffes. Max, du passt gut auf das All auf.

Fudder geht mit dem Anzug schnell zum Ufo- Deck. Er zieht sich eilig um und merkt, dass im Schutzhelm auch Sprechfunk eingebaut ist. Nach einer kurzen Sprechprobe wird er mit der Hebebühne hochgefahren. Dabei erzählen ihm die zwei Decks-Arbeiter, dass sie bereits mit vielen Methoden versucht, die Verriegelung zu öffnen. Auch die Rettungsluke nebenan haben wir schon mehrfach versucht zu öffnen. Jetzt geht Fudder zu der zweiten Rettungsluke. Er dreht das Rad nach einer Seite, aber es bewegt sich nicht. Die Arbeiter zucken mit den Schultern. Nun dreht er das Rad nach der anderen Richtung und es gelingt ihm die Kapsel hochzudrücken. So wird das gemacht

Männer. Er gibt über Funk seinen Bericht ab. Ich sehe Krix auf der Raumschiffrettungsluke liegen. Ich werde jetzt aussteigen und ihn retten. Krix ist schon ein wenig steif von der Kälte auf dem Raumschiff. Mit letzter Kraft holt Krix aus seiner Uniform seine teure, schöne Uhr. Mit ihr schlägt er auf die Luke. Plötzlich öffnet sich die Luke. Krix stürzt kopfüber in das Raumschiff. Die Arbeiter können ihn noch in letzter Minute auffangen. Gerade will Fudder aussteigen. Er traut seinen Augen nicht. So kenne ich ihn. Er hat immer einen Spaß auf Lager. Über seinen Funk meldet Fudder, Krix gerettet. Er ist sicher unter Deck. Nochmals schaut Fudder zum All hinauf und erkennt einen großen flackernden Stern. Dieser sinkt immer tiefer in Richtung des Raumschiffes. Dazu wird er immer schneller. Sofort erkennt Fudder die Gefahr. Es ist das Ufo mit der Sprengladung an Bord. Schnell macht er die Kapsel wieder zu, reißt sich den Helm vom Kopf und ruft, Männer schnell die Luke zu. Über den Bordfunk hören sie die Kommandos von Käpten Mona. Alles sichern! Sofort mit Solgeschwindigkeit starten. Fudder schreit, alles festhalten. Über den Bordfunk hören sie, wie Major Max schnell die Laserkanone einrichtet. Ziel erkannt. Im Visier.

Ein gewaltiger Ruck ist im Raumschiff zu spüren. Zwei starke Explosionen begleiten den schnellen Flug. Dann kippt die Hebebühne mit den beiden Arbeitern sowie Krix und Fudder um. Als sie am Boden liegen, beginnen sie wieder mit ihren Späßen. Fudder fragt, habt ihr eine gute Landung gehabt, und ist noch alles dran? Alle nicken und lachen dabei. Erst jetzt wacht Krix auf.

Bin ich bereits auf dem Weltraumfriedhof, oder lebe ich noch? Fudder antwortet ihm, du kannst aufstehen, denn wir müssen zum Dienst. Die Zwei Arbeiter schütteln mit den Köpfen. So kennen sie die beiden mit ihren Späßen schon immer. Über den Bordfunk ist Käpten Mona zu hören. Alarmstufe Rot aufgehoben. Fliegen mit Normalgeschwindigkeit weiter. Es gibt im Raumschiff wieder einen kleinen Ruck. Fudder will gerade aufstehen, und Krix die Hand reichen. Ein rollender Ton, der auf sie zukommt, ist zu hören. Krix ist jetzt hellwach. Es ist meine teure Uhr. Das war deine teure Uhr, meint nun Fudder. Krix kann sie auffangen. Nachdem er das Deckelgehäuse geöffnet hat, hält er sie prüfend an sein Ohr. Männer, sie läuft noch. Eines muss man dir lassen, meint Fudder zu Krix. Du hast doch immer wieder Glück, egal bei welchem gefährlichen Einsatz wir auch sind. Krix antwortet mit einem Spaß. Die Knochen aber tun mir schon etwas weh. Als die beiden in die Zentrale kommen, freuen sich alle Besatzungsmitglieder über ihre Rettung. Krix geht auf Max zu, nimmt einen Ufo Orden von seiner Uniform und steckt ihn Max an. Das hast du dir verdient. Den Schuss habe ich sogar noch im Koma Gehört, sagt Krix. Sicher war auch nicht mehr viel Zeit. Ansonsten hätte es dieses Raumschiff nicht mehr gegeben. Krix geht auf Twyty zu. Sag einmal, was hast du mir eigentlich für einen gewaltigen Sprengstoff gegeben? Twyty schaut Krix etwas fragend an. Mein Befehl lautete, dass, wenn es zur Sprengung eines Raumschiffes kommt, ich eine große Ladung mitnehmen muss. Sie war also eigentlich für ein Raumschiff gedacht. Da hast du wieder Glück gehabt, meint Fudder. Entschuldige Krix. Ich hätte das dir sagen müssen. Krix aber tröstete ihn mit einem Spaß. Das hatte ich doch schon am Gewicht gemerkt. Nur das Ufo sollte eigentlich nicht wieder zurückkommen. Was war da eigentlich passiert? Die Ufos lieben dich. Sie kommen immer wieder zu dir zurück, scherzt jetzt Fudder. Alle müssen über diesen Spaß wieder lachen. Mona unterbricht ihr Gespräch. Soeben habe ich von unserem Ärzteteam die Bestätigung über den Gesundheitszustand der Ufo- Besatzung bekommen. Alle drei zeigen keine Symptome von einem Virus. Dann bitte sie doch in die Zentrale, sagt Twyty. Sie betreten in ihren weißen Uniformen die Kommandozentrale.

Jetzt stellen sie sich bei Käpten Mona vor. Mein Name ist Oberst Georg von der Luftverteidigung. Ich bin Nancy, Leutnant der Aufklärung. Mein Name ist Tom, Ingenieur für Technik, Neuentwicklung sowie Forschung. Dann sieht Oberst Georg Max an einem Computer sitzen. Er traut seinen Augen nicht. Du hier, mit so vielen Orten auf der Brust. Du hast selbst genug davon. Es ist schon bemerkenswert, dass einige davon vom Planeten Sirius sind. Auch Nancy gibt Max die Hand. Schön, dass wir uns wiedersehen. Max kann sich nicht beherrschen, steht auf und umarmt sie innigst. Fudder sieht das und sagt, da bahnt sich wohl schon wieder eine Feier an? Er ist auch alt genug dafür, meint daraufhin Krix. Jetzt gibt Ingenieur Tom Max die Hand. So sieht man sich wieder. Max hat inzwischen viel von Fudder und Krix gelernt. Er fragt Tom, was machen eigentlich unsere vielen Gänsefedern? Auch Tom ist schlagfertig. Die befinden sich noch in der Reinigung. Einmal werden sie in Ehebetten gestopft. Alle können sich das Lachen nicht mehr verkneifen. Woher nehmt ihr bloß immer euren Humor, fragt

Mona jetzt in die Runde. Das ist uns mit den Fluggenen angeboren, bestätigt Fudder. Die bringen wir jetzt unserem Freund und Kampfgefährden Max bei.

Ja, meint Krix, so einem gelehrigen Offizier bringen wir das gerne bei. Die ersten Positionen im Raumschiff, hat er bereits mit Bravour bestanden. Es fehlen nur noch zwanzig. Nein, nur noch neunzehn, erwidert Max. Kartoffeln schälen kann ich auch schon. Meine Zukunft gehört der Jagt Fliegerei. Ihr werde ich auch die Treue halten, antwortet Max. Mein Einsatz auf diesem Raumschiff sollte meine Dankbarkeit zeigen.

Fudder hat natürlich wieder Fragen an die Drei. Was habt ihr eigentlich dauern über der Atmosphäre mit dem Ufo getrieben? Sogleich antwortet Georg. Wir hatten vom Admiral die Order, täglich einen Satelliten mit vielen Messdaten zu kontrollieren. Auf manchen Satelliten, die einen Behälter hatten, nahmen wir Proben. Niemals aber wurde bei der geprüften Substanz ein gefährlicher Virus entdeckt. Es vermischte sich in der Atmosphäre mit den schädlichen Giften des Planeten „Erde". Erst dann bildete sich der tödliche Virus. Das ist aber gruselig, meint Fudder. Auch Krix wird jetzt neugierig. Warum habt ihr das Ufo aufgegeben?

Wir hatten dafür keine Ersatzteile mehr. Das größte Handicap hatten wir mit unserem Treibstoff. Wir fliegen mit Wasserstoff. Einmal wird dieser auch knapp. Unsere Aufbereitungsanlage im Raumschiff schaffte es nicht mehr, genügend davon herzustellen. So war es unser letzter Einsatz mit diesem Ufo. Mehr war nicht möglich. Die Alternative war, entweder hätte uns das Raumschiff vom Admiral wieder aufgenommen, oder ihr hättet uns unter Deck fliegen lassen. Eure Tanks waren demnach leer, meint Fudder. Georg und die anderen beiden, nicken ihm zu. Krix schaut Fudder an. Damit ist das Rätsel, euer plötzlicher Sinkflug eures Ufos, gelöst. Was ist mit unserem Ufo, fragt Georg? Das musste ich aus Sicherheitsgründen sprengen, meinte Krix. Ingenieur Tom bedauert jetzt Nancy. Deine viele Arbeit im Maschinenraum, das Putzen der Turbine sowie den Geräten, war also umsonst. Nein, meint Krix. noch nie habe ich so ein blitzsauberes Ufo gesehen. Ich war regelrecht überwältigt. Noch beim Anbringen der Sprengladung, plagten mich Gewissensbisse. Befehl aber ist Befehl. Die Neugier von Fudder, lässt ihm keine Ruhe. Als Sekretärin und dann noch die Ufo Turbinen in Bereitschaft zu halten und das täglich, da gehört schon etwas dazu. Georg, ihr Bruder setzt jetzt noch einen drauf. Nancy hat sämtliche Flugzeug Prüfungen in der Tasche. Sie darf alle Jagdflugzeuge fliegen und ist darin einfach ein Ass. Max schaut sie erstaunt an. Fudder bemerkt das. Dann könnt ihr bald einmal um die Wette fliegen. Fudder lässt nicht locker. Tom ist aber auch ein Ass. Jawohl meint Georg. Er hat bereits hunderte Patente entwickelt. Der Antrieb mit dem Wasserstoff ist auch dabei. Das haben wir auch, meint Fudder. Darauf entgegnet Georg ihr fliegt aber noch mit Zusätzen. Wir sind deshalb umweltbewusster. Das hat auch etwas für sich, meint Krix. Oberingenieur Buster müsste das doch auch noch hinbekommen.

So vergehen die Flugstunden mit rasender Geschwindigkeit. Krix sagt zu Käpten Mona. Wir haben gleich die Position erreicht, wo wir uns entscheiden müssen, ob wir zuerst Planet „Sirius" oder Planet „Apollo" anfliegen. Sie schaut Twyty an. Wir werden zuerst Planet „Apollo" anfliegen. Twyty verabschiedet sich von Mona. Die Berichte warten und etwas Schlaf tut auch mal wieder gut. Mona meint, Krix gib die Flugroute ein und schalte auf automatischen Anflug. Du kanntest diese Einstellung wohl schon und hast bereits beigedreht. Alle Achtung vor solch schneller Entscheidung. Fudder schaut Krix an. Ein wenig Schlaf würde dir auch guttun. Warum bist du immer so tau-frisch, fragt Krix. Wirst du nach so einem langen Flug niemals müde? Beim Flug mit einem Raumschiff, überkommt Auf mich stets so ein jugendlicher Elan. Eine andere Antwort habe ich von dir auch nicht erwartet. Fudder übernimmt das Raumschiff. Dabei sieht er Mona an. Darf es noch ein wenig schneller sein? Schalte auf Sol eins, aber bitte gefühlvoll, damit niemand aus seinem Bett fällt. Schnell sind sie in der Atmosphäre des Planeten „Apollo". Fudder hat alles im Griff. Er winkt Max in seinem Co Pilotensessel zu. Passe auf. Wir werden gleich Kontakt mit der Flugüberwachung vom Landeplatz haben. Das übernehme ich, gibt er Fudder zu verstehen. Max ruft den Flugdienst kurz und präzise an. Fudder hört die Antwort. Landeerlaubnis erteilt. Sektor Eins wird durch Positionslichter abgesichert. Gefühlvoll steuert Fudder das Raumschiff auf seinen Landeplatz. Max ist von solch einer weichen Landung überwältigt.

Er schaut Fudder an. Alle Achtung! So machst du es dann auch einmal als Käpten von einem Raumschiff. Nein, meint Max. Das wird nie geschehen. Du wirst noch an meine Worte denken, sagt Fudder. Wer einmal mit einem Raumschiff zu tun hatte, kommt davon niemals wieder los. Das sind die Gene, die in dir wachsen. Dazu kommt noch dein Erbgut. Es kann gar nicht anders kommen. Auf den Monitoren der Kommandozentrale erscheint General Oberst Xena. Willkommen zur nächtlichen Stunde auf unseren Flugplatz. Zu Ehren der gelungenen Mission, ist ein Bankett angerichtet worden. Mona bedankt sich für diese Einladung. Sie schaut sich in der Zentrale um. Alle der Überwachungsoffiziere winken ab. Sie wollen nur noch in ihren Ruheraum. Max steht auf, schaut Fudder an, und du? So etwas verpasse ich doch nicht. Auch Mona folgt der Einladung. Max holt Georg, Nancy und Tom aus ihren Kabinen. Sie können es noch gar nicht glauben, dass die Flugreise zu Ende ist. Es ist bereits Mitternacht geworden, leise gehen sie aus dem Raumschiff. Auf dem Flugplatz wartet bereits der Shuttles Bus. Er bringt sie zur Feier. Viele Offiziere sind bereits anwesend.

Xena begrüßt jeden. Nun greift tüchtig zu. Das ist ein Befehl. Nach mehreren Stunden kommt Xena an den Tisch von Fudder. Sie fragt, ob bei dem Essen noch etwas fehlt. Nein, sagt Fudder. Es reicht langsam mit den vielen Köstlichkeiten. Sie setzt sich neben ihn und sagt, solch eine weiche Landung mit einem Raumschiff, habe ich schon lange nicht mehr gesehen. Mein Sohn Max ist begeistert von deinen Flugfähigkeiten und hat mir viel von dir erzählt. Hoffentlich nicht alles, macht Fudder wieder seinen Spaß. Mona winkt ihm zu. Es wird wieder Zeit zum Abflug. Max hat die Geste gesehen. Er verabschiedet sich militärisch mit dem Gruß, die Hand an seiner Militärmütze. Ich wünsche euch einen guten Flug. Xena begleitet Mona und Fudder bis zu einem Fahrzeug vor der Flugüberwachung. Es bringt euch schneller zum Raumschiff. Guten Flug. Jetzt reicht sie Mona die Hand. Xena schaut Fudder in die Augen. In erster Linie aber bin ich eine Frau. Vergiss das nicht! Sie küsst ihn mehrfach in sein Gesicht und gibt ihm noch einen Kuss auf den Mund. Fudder ist sprachlos. Sie gibt Fudder die Hand. Guten Flug und warte nicht so lange. Mona hat das Geschehen verfolgt. Mein Glückwunsch Fudder. Im Raumschiff angekommen, setzt sich Fudder wieder in seinen Pilotensessel. Er gibt die Flugdaten für die Heimreise ein., schaut Mona dabei an und fragt, ob er Sol eins eingeben kann. Mit Gefühl, erwidert sie. Im Schleichflug lässt er das Raumschiff Tayta über den Flugplatz schweben. Sämtliche Lichter am Raumschiff wurden von Fudder angeschaltet. Zum Abschied überfliegt er Xena mit seinem Raumschiff. Sie winkt ihm noch einmal zu. Er schaltet jetzt auf eine höhere Stufe. Das Raumschiff rast mit Sol eins durch das All. Plötzlich steht Krix neben ihm. Wie siehst du denn aus, fragt er Fudder? Mit deinen vielen roten Flecken im Gesicht und am Hals. Habe ich etwas verpasst? Ja, meint Mona. Wir waren auf einem Bankett eingeladen. Von der Besatzung wollte ich keinen wecken. Jeder hatte seinen Schlaf verdient. Was ist aber mit Fudder geschehen? Mona kennt ihre Späße zur Genüge. Xena hat sich in deinen Freund verliebt. So hat er ein paar Schmatzer von ihr abbekommen. Krix schaut Fudder und Mona verdutzt an. Oberst, General-Oberst Xena? Genau sie, erwidert Mona. Krix ist sprachlos. Das kenne ich, meint Fudder.

Wie geht es nun weiter, fragt er die beiden? Fudder schaut Krix und gibt ihm die Hand. Das wird sicher noch eine lange Geschichte.

Vor der Landung auf dem Planeten „Sirius" bekommt das Raumschiff eine Nachricht gesendet. Nach der Landung, im Trakt des Sicherheitsdienstes einfinden. Na, sagt Krix, da gibt es wohl hier und heute auch noch für uns ein Bankett. Fudder aber schockt ihn gleich wieder. Mein Gefühl sagt mir da etwas anderes. Sicher steht ein neuer Einsatz bevor. Das kann doch nicht schon wieder sein. Mona lächelt Fudder zu. Du hast sicher Recht. In der Zentrale angekommen. Werden sie von vielen Sicherheitsmitarbeitern begrüßt. Twyty kommt auch mit in diesen Raum und übergibt Cooper eine Mappe. Das sind die Berichte von dieser Mission. Er setzt sich neben Fudder. Im Raum sind weiter noch Hillery, Meggy sowie einige Wissenschaftler. Darunter ist auch Berti. Sie ist ebenfalls Wissenschaftlerin.

Hillery begrüßt alle in diesem Raum. Jetzt zu diesem schnellen Treffen. Wir haben lange Zeit gebraucht, um die vielen LOK- Bücher von Käpten Behufer zu prüfen. Dabei haben wir eine erstaunliche Entdeckung gemacht. Sicher finden wir dort die Lösung für die heimtückische Virusplage auf dem Planeten „Erde". Es ist schon viele Jahre her. Käpten Behufer ließ der Gedanke von dem verschollenen Raumschiff nicht los. Er vertrat eine andere Meinung, als sie damals im Absturzbericht stand. In seiner Erklärung war er der Meinung, dass der junge Befehlshaber des Raumschiffes noch nicht genügend Erfahrung hatte. Trotzdem glaubte er nicht, dass er den Fehler hätte vermeiden können. Nach seinem letzten Befehl, der ein Schließen der Luken beinhaltete, muss er unter Beschuss geraten sein. Da keine lauten Knallgeräusche zu hören waren, könnte es sich um ein stilles Lasergeschoß gehandelt haben. Er war in ein fremdes Gebiet geflogen und wurde als Feind abgeschossen. Er wollte das Raumschiff unbedingt finden und den Absturz aufklären. So besorgte er sich eine Seekarte des Nebenmeers, die Ostsee. Nach den Testflügen mit der „Galaxy I" ging er auf Erkundungsflug. Damals war Wissenschaftlerin Berti bei dem Einsatz dabei. Sie begrüßen wir ganz besonders.

Als Zeitzeuge von dieser Mission, war auch die Ärztin Vana beteiligt, die leider schon verstorben ist. Käpten Eli, Krix, Fudder gehörten ebenfalls dem Erkundungsflug an. Fudder und Krix melden sich zu Wort. An Bord der „Galaxy I" hatten wir die Aufgabe mit Pilotin Ely das Raumschiff zu steuern und das Weltall zu überwachen. Käpten Behufer hatte schon immer einen Sinn für sämtliche Gefahren. So ließ er das Raumschiff, getarnt in einer Wolke, in geringer Höhe über der Ostsee nach dem vermissten Flugobjekt zu suchen. Tag und Nacht suchten wir eine Seemeile nach der anderen mit unserem Ortungsgeräten den Meeresboden ab. Nach fünf erfolglosen Tagen, hatte aber unser Käpten seine Hoffnung verloren. Ja, meint Fudder. Wir hatten keine Zeit mehr. Der „Galaxy I" lag bereits ein neuer Auftrag vor. Ich sah plötzlich auf meinem Monitor einen flackernden

Stern. Er kam aus dem All immer tiefer auf uns herunter. Gleich rief ich nach dem Käpten. Er hatte wie immer wieder Nerven aus Stahl. Er gab neue Kommandos. Raumschiff stoppen und noch mehr einnebeln. Dann sahen wir, wie sich der Stern in ein Raumschiff verwandelte.

In zehntausend Metern Höhe stoppte es. Ich weiß noch genau, wie ein Ufo aus dem Raumschiff flog, einen Laserstrahl abfeuerte und danach zum Sinkflug überging. Das gleiche Verfahren wird von uns so gehandhabt. So bleibt es für sämtliche Radaranlagen unbemerkt und kann zu Boden sinken. Dann flog es zu einer kleinen Insel in der Ostsee. Plötzlich erfolgte noch ein Laserstrahl mit einem lauten Knall und einem Lichterbogen. Nun landete das Ufo auf der Insel. Zwei Gestalten liefen in ein kleines Gebäude. Wenig später kamen sie mit einem nicht so großen Behälter wieder heraus. Sie gingen zu ihrem Ufo, packten dort den Behälter in eine größere Kiste und verschwanden schnell mit ihrem Raumschiff. Das hatte unseren Käpten Behufer natürlich wieder neugierig gemacht. Er meinte, dass dort sicher wertvolle Sachen zu holen sind. Daraufhin erteilte er den Befehl, dass Krix und Fudder ihre Ufos startklar machen sollten.

Ja, meinte Krix,ich werde gleich abgelöst. Ich ging mit Fudder zum Unterdeck. Die Ufos waren schon startklar. Ich schaute Fudder an. Er meinte, wie konnte der Käpten das schon wieder wissen. An Meinem Ufo I stand Wissenschaftlerin Berti sowie Ärztin Vana. Mein Befehl lautet, einsteigen und die Anweisungen des Navigators befolgen. Von beiden kam das Okay. Fudder war schon mit Ufo II aus unserem Raumschiff geflogen. Er hatte seine Position zur Absicherung der Mission eingenommen. Über Funk erhielten wir den Befehl vom Käpten. Insel und Gebäude erkunden. Die Landung verlief ohne Zwischenfall. Man hatte uns nicht geortet. Nach der Landung blieb der Navigator im Ufo. Wir drei stiegen aus. Ich nahm noch die Laserpistole mit. Berti und Vana gingen zu dem kleinen Gebäude. Ich schaute mich noch etwas um und sah einige Wachposten im Gras liegen. Sie waren bewusstlos. Schnell ging auch ich zu dem Gebäude. Berti und Vana aber kamen bereits schnell aus diesen herausgerannt. Sie stießen mich fast um. Schnell weg von hier, riefen sie. Es ist ein Versuchslabor für gefährliche Viren.

Über den Sprechfunk gab ich gleich den Befehl an meinen Navigator. Ufo I startklar machen! Nach unserer Landung im Raumschiff, war der Käpten so enttäuscht, dass wir die Mission sofort abbrachen.

Es ging auf Kurs Stützpunkt. Nie wieder wurde in diesem Raumschiff jemals ein Wort über diese Mission gesprochen. Ja, meint Berti. Genauso ist es gewesen. Der Käpten Behufer hatte über den Kabinenfunk informiert, zum Einsatz fertig machen. Mehr nicht! Was uns erwartete, haben wir nicht gewusst. Als wir das kleine Gebäude betraten, sahen wir einige Mitarbeiter des Labors mit ihren Köpfen auf ihren Schreitischen liegen. Vana untersuchte sie. Sie meinte daraufhin, sie sind nur bewusstlos. Ich sah mir in der Zwischenzeit die Behälter an. Sie standen in Regalen und hatten Aufschriften. Ich habe es gleich begriffen. Als ich Vana noch warnen wollte, hatte sie es bereits bemerkt, wo wir eigentlich gelandet sind. Mir zittern noch heute die Hände, wenn ich an diese Mission zurückdenke. Was hätte alles passieren können, wenn wir einen Virus mit an Bord unseres Raumschiffes gebracht hätten. In diesem Versuchslabor lagerten viele Behälter mit gefährlichen Krankheiten, wie Pest, Pocken usw. Sicher wurden damit viele Experimente getätigt, um Heilmittel gegen diese gefährlichen Krankheiten herzustellen. Danke Berti. Das wollten wir von Euch genau wissen.

Deshalb sind unsere Wissenschaftler der Meinung, dass ein Team zu dieser Insel auf dem Planeten „Erde" fliegen sollte. Es muss herauszufinden, welcher Forschungsauftrag damals, zu Ende der 80-iger Jahre bearbeitet wurde. Was für ein Virusbehälter wurde entwendet? Gibt es noch Unterlagen oder sogar Mitarbeiter, die man befragen könnte? Nur so kann ein Wirkstoff für die Rettung der Menschen auf dem Planeten „Erde" gefunden werden. Jetzt meldet sich Cooper. Für uns ist jetzt klar geworden, dass das fremde Raumschiff damals einen Behälter auf einen Satelliten montierte, den sie jetzt mit gefährlichen Stoffen auffüllten. Durch die Zirkulation in der Atmosphäre, verteile sich dieser gefährliche Stoff um den ganzen Erdball. Sie werden sicher die Dosis noch weiter erhöhen, um in den Besitz des Planeten „Erde" zu gelangen. Nun meldet sich Commander Twyty zu Wort. Wie ich jetzt verstanden habe, geht es nun um die nächste Rettungsmission. Davon möchte ich aber abraten. Nach Aussagen der damaligen Zeugen, ist doch einiges vorher zu klären. Die „Galaxy I" operierte damals nah an einer Staatsgrenze. Sie wurde nicht behelligt.

Man ließ das Raumschiff tagelang in aller Ruhe ihre Suchaktion durchführen. Es war genau wie die Landeaktion mit dem fremden Ufo, sowie dem lauten Laserschuss. Das müssen die Grenzeinheiten zur See oder Luft, auf jeden Fall registriert haben. Ebenso verlief eure Landung mit Ufo I ohne Zwischenfall. Das lässt doch zu denken übrig. Auf der Seekarte von Käpten Behufer, waren sämtliche militärischen Stützpunkte von diesem Gebiet eingezeichnet. Sie waren alle Bereitschaft. Die Landeaktion mit dem fremden Ufo muss auf jeden Fall geplant worden sein. Vielleicht hatte man schon länger Kontakt mit dem Raumschiff und einer Militärbehörde. Es gab strikte Anweisungen, nichts zu unternehmen. Einige der damaligen Ostsee-Staaten befanden sich kurz vor ihrem Zusammenbruch. Dies hat die Führung des fremden Raumschiffes durch Abhörmaßnahmen gewiss herausgefunden. Dadurch war es für sie ein leichtes Spiel, da sie die vielen Flüge mit den Raumschiffen zu anderen Planeten registriert hatten. Die Bevölkerungszahl auf der Erde wurde immer geringer. So konnten sie schon planen, den Planeten bald in Besitz zu nehmen. Dazu kam noch die Entdeckung des Labors.

Wurde es etwa den fremden Außerirdischen sogar angeboten. Durch die heimtückische Krankheit hatten sie noch mehr Macht erhalten. Mit der Galaxy I wussten die damaligen Militärs sicher in der kurzen Zeit nicht anzufangen gewusst. Käpten Behufer ließ dieses Raumschiff bei dieser Mission bei Alarmstufe Rot fliegen. Es war ihnen sicher nicht möglich, es einzuordnen. Gehörte es zu der bekannten, fremden Macht, oder nicht? Lange hätten sie nicht mehr gebraucht, um das herauszufinden. Das dachte Käpten Behufer auch sofort. Er ließ die Suchaktion abbrechen, obwohl nur noch wenige Seemeilen zu orten waren. Das Raumschiff blieb verschollen, schrieb er in sein Lock Buch. (Mit einem Zwischenfall) Das machte uns stutzig, meinte Cooper. Aus diesem Grund hatten wir das Treffen einberufen. Fudder schaut Krix an. Da haben wir wieder viel Glück bei diesem Einsatz gehabt. Schnell konnte das auch eine Bekanntschaft mit den Fischen werden. Auch Meggy meldet sich zu Wort. Für diese Rettungsmission sehe ich die Sachlage jetzt anders. Es wäre für unseren Planeten viel zu gefährlich. Wenn auf dem Planeten „Erde" eine so starke Virusplage herrscht, dann muss der Admiral diese Krankheit selbst in den Griff bekommen. Wir werden ihn aber natürlich über unsere neusten Erkenntnisse informieren.

Nun meldet sich Hillery. Bei diesen Fakten ist es von Bedeutung, der Sache auf den Grund zu gehen. Wir werden eine neue Mission planen, aber nicht zum blauen Planeten. Die fremde Raumschiffmacht muss ausgeschaltet werden. Es geht dabei um folgende Fragen. Wo kommen sie her? Wieviel Raumschiffe besitzen sie? Sind es nicht viele, kann sie der Admiral vielleicht ausschalten. Damit wäre das Problem gelöst. Vielleicht ist aber die Sachlage ganz anders und der Planet ist nicht mehr zu retten. Jetzt müssen viele Satelliten angezapft werden, um herauszufinden, wie die Sachlage mit diesem Planeten genau aussieht. Davon werden wir die Führung vom Planeten „Apollo" in unsere Pläne mit einbeziehen. Ja, meint Krix. Sie haben viele Raumschiffe und Commander für diese Einsätze. Fudder empfiehlt, dafür wäre auch der Sohn und die Tochter vom Admiral sicher bereit. Genauso wäre Max dazu bereit. Krix würde auch General Oberst Xena empfehlen. Das ist nicht nötig, sagt Fudder. Mona aber macht sich einen Scherz. Wir werden ja sehen. Hillery beendet für heute diese Tagung. Unsere Abteilung wird den Angriffsplan ausarbeiten.

Haltet euch bereit!

FSC
www.fsc.org

MIX

Papier | Fördert
gute Waldnutzung

FSC® C083411

Zeitfracht Medien GmbH
Ferdinand-Jühlke-Straße 7
99095 Erfurt, Deutschland
produktsicherheit@kolibri360.de